Voyage en novembre

ISBN 9782379797057

Les éditions du sapin chauve SAS, 2021
17 rue Dupin
75006 Paris

Marc Descaures

pour joindre l'auteur :

marc.billiau@wanadoo.fr

Voyage en novembre

Les éditions du sapin chauve

La veille

Paris, dimanche, 23 heures. Le week-end se termine enfin. Un dernier coup d'œil sur la météo du lendemain avant de se coucher. « Temps froid et brumeux sur l'Est avec risque d'averse de neige en milieu de matinée. Attention aux chaussées glissantes ». Rien de bien extraordinaire. Charles pourrait donc prendre la route à l'heure habituelle pour arriver dans la cité des Sacres aux alentours de neuf heures.

Chapitre 1 – La rencontre

Tôt par un matin froid et humide du début du mois de novembre, à l'heure où il ne fait pas encore tout à fait jour et plus tout à fait nuit, une puissante berline roulait rapidement sur l'autoroute de l'Est. Bercé par le ronronnement du moteur, Charles ne parvenait pas à se concentrer sur sa conduite. Ses bâillements alternaient avec ses soupirs. Ce voyage s'annonçait aussi ennuyeux que ceux qu'il entreprenait chaque semaine depuis des années avec la régularité d'un métronome.

Il se trompait.

Tout commença avec cette ombre se détachant vaguement au loin à la hauteur d'un échangeur, sur le bas-côté. Il n'avait pas le souvenir d'avoir déjà aperçu une forme aussi singulière à cet endroit. Intrigué, il s'efforça de la distinguer mieux, mais ses contours se confondaient avec le paysage rendu mystérieux sous l'effet de la brume réfléchissant les lueurs de l'aurore.

À son approche, ses traits gagnèrent en netteté pour se détacher sur l'horizon. Haute, mince, encagoulée et de noir vêtue, la silhouette tenait dans la main gauche un bâton dont l'une des extrémités ressemblait à un quartier de lune. L'autre main oscillait selon un curieux mouvement. Arrivé à proximité de l'énigmatique figure, Charles comprit que le bâton était une faux et que le poignet droit refermé décrivait un mouvement de va-et-vient, le pouce dirigé vers l'arrière.

Cette apparition de la Faucheuse en auto-stoppeuse sur l'autoroute le déconcerta. Incrédule, il secoua la tête pour se remettre les idées en place et regarda à nouveau. Il ne s'était pas trompé, c'était bien elle, pas de doute. Il était pourtant persuadé qu'elle existait seulement dans des magazines illustrés, des comics américains ou sur le faire-part de décès de son aïeul Charles, François, Denis Demory, survenu le 16 février 1815 à Noyon, encadré et suspendu sur le mur en face de son bureau. La stupeur passée, il pensa être le jouet d'une illusion. Il ne voulut pas s'arrêter pour s'en assurer et, ayant dépassé l'échangeur, il ne reviendrait pas en arrière.

Il jeta alors un rapide coup d'œil dans les rétroviseurs. Le reflet flou qu'ils renvoyèrent paraissait être celui de la moissonneuse des âmes vêtue de son bleu de travail. Il s'imagina que, fatiguée de son équipée nocturne, elle recherchait un moyen de transport reposant et économique pour regagner ses foyers. Tout simplement incroyable !

Charles se demanda qui serait assez téméraire pour la prendre à son bord. À moins de ne pas le reconnaître, ce qui était peu concevable puisqu'elle ne se donnait pas la peine de se dissimuler sous des habits de vivant, il fallait être dans un état d'esprit particulier pour voyager en sa compagnie.

L'idée lui vint que l'individu entrevu avec son sinistre matériel avait endossé un déguisement. L'époque était aux bizutages et l'imagination des étudiants n'était jamais à la peine pour découvrir de nouveaux rites initiatiques. Une malheureuse victime de l'intégration aurait ainsi été contrainte de revêtir les oripeaux de la Faucheuse et de jouer son rôle, sans trembler de froid, pour effrayer l'automobiliste matinal. L'aube blafarde était le meilleur moment pour inspirer de la crainte aux esprits s'extirpant difficilement de leur sommeil. Les carabins, ou qui que ce soit d'autre, devaient bien s'amuser de cette plaisanterie d'un parfait mauvais goût, bien dans le style de l'exercice.

Mais, s'il ne s'agissait pas d'une blague de potache ? Si celle qu'il avait vue était bien réelle ? N'était-elle pas là avec une tâche précise à accomplir ? La réponse s'imposa bientôt avec la force de l'évidence : l'exécuter, car son heure était venue. Bonne fille, la Faucheuse lui offrait une fin sur mesure, abandonnant le prêt à mourir de masse, un peu vulgaire.

Il préjugea qu'elle misait sur le fait qu'il ne l'aurait pas reconnue ou n'aurait pas cru ce que ses yeux lui montraient. Feignant l'épuisement, le visage dissimulé sous sa coiffe, elle chercherait à l'apitoyer en cachant ses véritables intentions. Il s'arrêterait et, après avoir été invitée à monter à son bord, elle endormirait sa méfiance en usant de séduction, car elle était passée maître dans l'art de se travestir sous des traits aguichants. Enfin, par surprise, en un instant, elle trancherait le fil de sa vie avec l'habileté acquise par des milliers d'années de pratique. On y verrait un banal accident de la circulation. Nul ne s'en émouvrait. La responsabilité du drame serait imputée à l'endormissement de la victime ou aux insuffisances des infrastructures autoroutières.

Charles l'avait échappé belle, surtout qu'à l'instant où il avait compris le traquenard qu'elle lui avait tendu, il eut un moment d'absence qu'il attribua, après avoir repris ses esprits, à la surprise causée par la vision de la figure encapuchonnée.

Bouleversé néanmoins par ce scénario, il accéléra l'allure. Il fallait fuir, mais pour aller où ?

Il était au beau milieu d'une plaine qui avait été quatre-vingt-cinq ans plus tôt le théâtre de violents affrontements. Plusieurs lignes parallèles de fils de fer barbelés dressées sur un sol lunaire semé de mines et de pièges en tout genre sortis des enfers couraient alors du nord au sud. De part et d'autre, des hommes que seuls séparaient l'uniforme et la langue s'observaient, se jaugeaient, se guettaient et, parfois, se haïssaient, avant de s'entretuer, baïonnette au canon. À chaque coup de sifflet donnant le signal de l'assaut, la Faucheuse était aussi sur le pied de guerre, prête à récolter des vies par milliers ; et, comme elle avait reçu l'ordre d'être équitable, elle donnait un coup dans chaque camp. Le travail ne manquait pas, de jour comme de nuit. Quatre années d'un labeur harassant.

Surgissant de ce passé, des bataillons entiers de silhouettes casquées se levèrent lentement de terre et brandirent des index accusateurs. Les fantômes des soldats de la Grande Guerre morts avec leurs stigmates revenaient troubler la quiétude des vivants ayant l'audace d'entreprendre la traversée de leur territoire pour leur rappeler leur triste fin.

Menaçants, l'index toujours pointé à l'extrémité d'un bras tendu pour seule arme, ils s'avancèrent vers Charles en l'invitant à les rejoindre. Il accéléra encore de peur d'être rattrapé. Alors qu'il était sur le point de l'être, les poilus s'arrêtèrent tout net, sans raison apparente. Il comprit que ces vaillants soldats tués sur cette terre avaient aujourd'hui la charge de la défendre à jamais. Ils ne déserteraient pas. Le passage in extremis du no man's land, sans même s'en apercevoir, lui avait valu son salut. Il resterait donc pour l'instant dans le monde des vivants, et les morts, là où ils étaient. Il poussa un soupir de soulagement.

Désormais tout à fait réveillé, il comprit aussi qu'il se dirigeait droit vers le camp ennemi. Celui-ci allait-il lui réserver le même accueil ? À tout instant, il s'attendait à voir surgir les casques à pointe tapis derrière chaque bosquet ou levés de terre, mais il n'en fut rien. Seule l'ondulation de la brume était perceptible sur les champs alentour faisant ressembler les quelques hangars à foin disséminés ici et là à des miradors. L'ennemi ne l'avait pas vu, ou n'avait pas voulu le voir. Il pouvait poursuivre sa route.

Charles était maintenant tout à sa conduite, s'efforçant d'oublier ces étranges apparitions dont il se persuadait qu'elles étaient des illusions, mais sans y parvenir. Tout en se demandant s'il avait vraiment vu ce qu'il croyait avoir vu, il s'aperçut que, curieusement, sur les trois péages jalonnant son trajet, le premier – pourtant proche de Paris – n'était pas encore en vue. Un bref regard jeté à l'horloge du tableau de bord lui indiquait qu'il se serait seulement écoulé une poignée de minutes depuis l'apparition de la Faucheuse et qu'ainsi il n'avait pas parcouru plus de quelques kilomètres.

Il lui sembla pourtant qu'un grand sablier avait été retourné de nombreuses fois lorsque la barrière apparut enfin, signalée par de puissantes balises dont les éclats perçaient une brume obstinément accrochée au bitume.

Chapitre 2 – Le premier péage

Lorsqu'il se rabattit sur la voie de gauche, le jour n'en finissait pas de naître, à moins que ce ne fût la nuit qui n'achevât pas de mourir. Il ralentit machinalement en se dirigeant vers la file dédiée aux possesseurs du badge de télépéage, véritable sésame destiné à éviter une attente – toujours agaçante – provoquée par la pléthore de véhicules patientant pour acquitter le prix du passage. Mais à l'heure matinale à laquelle il empruntait l'autoroute, l'absence d'affluence privait d'intérêt son privilège. Néanmoins, l'automatisme avec lequel il agissait le rassurait et lui fit même oublier l'apparition de la Faucheuse qui l'avait tant troublé.

Parvenu au seuil du péage, il s'engagea sous le portique réservé sans être gêné par d'autres usagers, puisqu'aucun véhicule ne le précédait pour le ralentir ni, à l'inverse, ne le suivait pour le presser d'avancer. Les autres voies menant aux bornes automatiques ou aux guérites des préposés à la manœuvre étaient désertes.

Il n'y prêta pas d'attention et lorsqu'il circula dans le champ de la cellule photoélectrique, il entendit le signal sonore indiquant que le boîtier électronique qu'il brandissait avait été reconnu et que la barrière allait s'élever, ce qu'elle fit effectivement, mais avec une telle lenteur qu'il faillit la percuter. Sa réaction de freiner énergiquement lui fit éviter l'accident de justesse. Aussitôt la surprise passée, il jeta un coup d'œil alentour et aperçut ce qu'il prit pour un carnavalier vénitien, affublé d'un curieux masque, appuyé sur l'extrémité du passage à niveau, ce qui contrariait le mouvement ascendant. Il ne crut pas ce qu'il vit et se mit à récriminer contre la société d'exploitation des autoroutes qui faisait payer fort cher un service de si piètre qualité, quand il était rendu !

Après sa traversée, la barrière redescendit aussi lentement qu'elle s'était levée. Il imputa ce mauvais fonctionnement à une défaillance du système, sans toutefois en avoir la certitude.

Le dangereux péage disparaissait dans le brouillard à mesure qu'il s'en éloignait avec une vitesse pourtant sans rapport avec la vigoureuse pression qu'il exerçait sur l'accélérateur, comme il le faisait toujours après chaque ralentissement imposé par la perception d'une taxe.

Il fulminait contre sa machine, pourtant si puissante d'ordinaire, tout en observant que le trafic était toujours inexistant devant lui, pour autant que la lumière des phares lui permît d'en juger. À l'arrière, en revanche, une drôle de forme sombre en mouvement était apparue, dépourvue de toute signalisation.

Sans doute s'agissait-il d'un automobiliste négligent ayant oublié de brancher ses codes. Son comportement était cependant déconcertant puisqu'il circulait sur toute la largeur de la chaussée, un coup à droite, un coup à gauche avant de reprendre très provisoirement une trajectoire rectiligne. Il zigzaguait tellement qu'on l'aurait dit ivre. Plus curieusement encore, il sursautait aussi par à-coups successifs, tel un bon vivant pris de hoquet après de trop fortes libations. Quoiqu'inquiétant, ce singulier déplacement piquait au vif la curiosité de Charles.

Chapitre 3 – La poursuite

Les yeux fixés sur les rétroviseurs, Charles suivait le mouvement désordonné de ce qu'il devinait plus qu'il ne distinguait, un voile de tulle flottant au gré du vent avec la grâce d'une méduse. Curieuse image, se dit-il, que celle du ciel et de la mer réunis, mais il approfondirait un autre jour cette considération. Il avait ralenti dans l'espoir de percer les intentions de son poursuivant qu'il soupçonnait de ne pas lui vouloir du bien. Il fut aussitôt imité. Il était donc suivi, sinon il aurait été dépassé. S'agissait-il de l'un de ces jeux stupides affectionnés par certains automobilistes trompe-la-mort, à l'issue souvent dramatique ?

Difficile à dire. Rien ne se passa de particulier pendant plusieurs kilomètres. Chacun restait à sa place et ils s'observèrent l'un l'autre.

Cette situation l'exaspéra au point qu'il voulut y mettre fin en accélérant vivement pour semer l'importun. Dans d'autres circonstances, cette stratégie avait fait la preuve de son efficacité. La poursuite s'arrêtait généralement là et, rassuré, il continuait sereinement sa route. L'accélération ne fut cependant pas celle qu'il avait espérée et il ne parvint pas à se débarrasser du fâcheux évoluant dans son sillage.

Il n'insista pas. Le mieux était de ne pas y prêter attention et de se concentrer sur la façon d'adapter son programme de travail de la journée en conséquence de son retard prévisible, mais les efforts faits en ce sens furent vains. Il restait obnubilé par cette chose qu'il ne parvenait pas à identifier clairement. Elle lui rappelait une histoire mystérieuse rapportée dans un recueil d'affaires policières non résolues.

Les événements tragiques s'étaient déroulés un siècle plus tôt, sous le règne victorien, dans un château en Écosse, loin de toute agitation citadine. À l'aube, quand l'ultime bal costumé de l'année était venu mourir, le dernier invité avait à regret pris congé de son hôtesse. Il était monté dans une voiture tirée par de puissants chevaux. Pendant que le cocher les fouettait pour qu'ils galopent plus vite, une ombre inquiétante avait fini par fondre sur le passager tenu éveillé par le fracas des sabots battant les pavés du chemin détrempé. Le crime avait été atroce. On avait découvert le lendemain la voiture renversée dans un ravin et, gisant à proximité, un pauvre hère en haillons, égorgé et vidé de son sang, le visage tuméfié et méconnaissable. On était certain qu'il ne s'agissait pas du cocher, retrouvé quelques jours plus tard, dépourvu de sa raison. Le détective appelé en renfort sur les lieux par une maréchaussée locale vite dépassée avait aussitôt deviné que la malheureuse victime était le dernier invité à avoir quitté la châtelaine. Restait à découvrir l'auteur du forfait.

Cette énigme s'ajoutait à une longue liste de meurtres non résolus. Certains y avaient vu la marque d'un imitateur de l'Éventreur, mais rien n'appuyait cette hypothèse. Aucune prostituée connue n'avait été dénombrée parmi ses victimes. D'autres penchaient pour un vagabond, mais, de mémoire d'Écossais, aucun bon à rien n'errait dans la région, ou bien il n'y avait que cela. Des légendes s'étaient formées. L'une d'elles racontait l'histoire d'un mari trompé qui s'était vengé sur le dernier invité à avoir quitté le château, qu'il avait pris pour l'amant. Une autre, plus effrayante encore, racontait qu'un esprit malin revêtu d'une capuche noire était depuis l'an mil, à l'aube de chaque jour du mois de novembre, à la recherche d'âmes perdues sur la lande qui n'avaient rien à se reprocher et à qui la chance avait toujours souri de façon insolente. Il laissait aux hommes, qui faisaient si bien cela, le soin de s'occuper de ceux dont la conscience était chargée de crimes, vrais ou supposés.

Sur l'autoroute d'un vingtième siècle agonisant, Charles était là, conducteur solitaire de près de deux cents chevaux vapeur, traqué par une force obscure venue de l'ère victorienne. Somme toute, il faisait une victime fort convenable. S'il ne croyait pas avoir déjà offensé un mari jaloux, il n'avait toujours pas subi les coups répétés du mauvais sort et était même plutôt chanceux. Il avait maintenant la certitude de n'être pas seulement suivi, mais pourchassé par cette chose qui attendait le moment propice pour accomplir sa besogne. C'était Duel qui recommençait. Qui que ce fût qui le suivait, il ne s'agissait pas d'un conducteur ayant oublié d'allumer ses feux de position et ce n'était pas un hasard si son allure était la même que la sienne. Le plan ciselé avec soin consistait à le surprendre dans une des montées si raides de cette autoroute que des voitures percutaient parfois l'arrière des camions peinant à franchir l'obstacle. La peur causée serait fatale. Il finirait comme l'amant de la châtelaine, le visage mangé par les flammes dévorant la voiture accidentée dans laquelle il serait enfermé.

Résolu à ne pas se laisser entraîner dans cette dramatique issue, il reprit sa veille dans ses rétroviseurs à l'affût du moindre signe hostile et à la recherche de toutes sortes d'échappatoires.

Il savait qu'il ne devait pas s'arrêter sur la bande d'arrêt d'urgence, car il deviendrait une proie facile et il ne pouvait accélérer, faute de puissance disponible. Il était piégé. C'était trop bête. Devenir invisible, voilà la solution. Éteindre les phares pour se dissimuler dans le brouillard. Aussitôt imaginé, aussitôt exécuté, mais une nouvelle défaillance technique contraria ce mauvais plan : le commutateur de l'éclairage des phares ne commandait rien du tout. Il actionna plusieurs fois le bouton rebelle, sans succès. Les phares éclairaient de toute la puissance de leurs ampoules. Il se résigna. Il ne lui restait qu'à être vigilant et plus malin que l'ectoplasme qu'il supposait être l'exécuteur des basses œuvres ou l'un de ses sbires lancés à sa poursuite.

Le voyage continuait, angoissant. Le paysage boisé défilait à peine reconnaissable dans un brouillard toujours plus épais. Était-ce cette ambiance si particulière qui lui rappelait soudain que les légendes étaient seulement des histoires racontées pour faire peur ou son vieux fond de rationalisme puisé aux sources du siècle des Lumières ? Il n'aurait su le dire. Allons, se demanda-t-il, pourquoi un vieux fantôme écossais se serait-il intéressé à lui ? Le travail ne manquait pas dans les Hébrides ou les Shetlands. Pourquoi diantre se serait-il expatrié sur cette terre plus qu'encombrée de revenants de toutes sortes ? Son fantôme était forcément de souche locale et il y avait bien assez de châteaux dans la Marne et en Champagne pour en abriter un qui se promènerait à l'aube. C'était d'ailleurs une habitude assez répandue dans cette confrérie. On n'avait cependant pas encore recensé de crime atroce perpétré au petit matin sur l'autoroute, même pendant le mois de novembre. Il y avait eu des accidents de la circulation, certains inexplicables, mais rien qui sorte véritablement de l'ordinaire.

Peu rassuré pour autant, car il avait lu que les revenants sont susceptibles et imprévisibles, il gardait toujours un œil vigilant sur l'obscure nébuleuse qu'il discernait à l'arrière de la voiture.

En même temps qu'il s'interrogeait sur les intentions réelles de ce qu'il prenait pour un esprit, un frisson lui parcourut l'échine, immédiatement suivi d'un brusque coup de fatigue. À peine quelques instants plus tard, il se sentit blêmir. Il reconnut les symptômes de son hypotension chronique. Le remède était à portée de main, un morceau de sucre toujours accessible en prévision d'une crise. Il l'avala avec une gorgée d'eau prise dans la bouteille placée sur le siège passager. Les bienfaits de cette médecine ne se firent pas aussitôt ressentir. Il restait proche d'un étourdissement. Était-ce l'heure de la visite de la Faucheuse qui s'était poliment annoncée à l'échangeur ? Il y avait certainement une signification à sa présence en ce lieu qu'elle n'avait pas choisi par hasard. Alors qu'il luttait contre l'évanouissement, la chose qui le suivait s'était rapprochée. Sa vue commençait à se brouiller et il vit le moment où l'accident deviendrait inévitable. Il était précisément sur une de ces montées… si raides. L'instant fatal de la perte de connaissance se rapprochait encore, comme son fantôme qui n'était plus qu'à quelques mètres, juste au-dessus de lui. Dans un effort désespéré, il se ressaisit et conserva le contrôle de son véhicule. Il franchit la montée à la limite de l'évanouissement. Dans le même temps, ce qui le suivait s'éloignait pour revenir à sa place initiale. Sa respiration était rapide et saccadée et plusieurs minutes lui furent nécessaires pour reprendre ses esprits. L'alerte avait été chaude !

Étrange, tout de même, cette coïncidence. Ce qui l'escortait était-il son ange gardien veillant sur lui afin que rien de déplaisant ne lui arrivât ou était-ce au contraire un démon à la solde de la Faucheuse qui n'avait pas perdu tout espoir de l'inscrire à son tableau de chasse dès l'aurore ? Et puis, rien n'était habituel. L'autoroute semblait vide de voitures, de camions et d'autocars. La course du temps paraissait suspendue. Il avait été suivi, puis talonné, par un spectre, ou quelque chose de semblable, dont il ne savait que penser et il avait failli perdre connaissance, ce qui ne lui était jamais arrivé en conduisant. Les défaillances techniques s'accumulaient sans raison. Il décida de s'arrêter à la prochaine aire de repos pour réfléchir à ces événements.

Son suiveur s'était fait plus discret lorsque, surgissant du brouillard, quatre vives lumières blanches firent leur apparition et l'éblouirent. La rencontre avait été fort brève et les points lumineux disparaissaient déjà. Il y avait donc des véhicules dans l'autre sens de circulation. Mais qu'y avait-il de surprenant à cela ? L'autoroute n'était pas coupée et aucun accident n'avait été signalé. Il y avait quelque chose d'incongru à s'étonner d'une situation si banale.

Un bref coup d'œil dans les rétroviseurs lui indiquait qu'il n'était plus suivi. Il en vint à douter de l'avoir été. Maintenant que le jour se levait enfin, les mystères de l'aube se dissiperaient et tout rentrerait dans l'ordre. Il en rirait avec ses collègues dans un peu plus d'une heure.

C'était une grossière erreur de le croire.

Chapitre 4 – L'aire de repos

Le fantôme qui l'avait accompagné avait été si présent qu'il lui manquait. Il se surprit à souhaiter son retour pour le convier à se présenter maintenant qu'il avait rempli sa tâche. La chose étant cependant impossible, il se remettrait de ses émotions en arpentant en solitaire le site de la prochaine aire de repos où il avait décidé de s'arrêter. La prudence lui commandait aussi cette étape, car il avait été proche d'un étourdissement et il se remémorait s'être déjà assoupi en conduisant. En se rabattant sur la file de gauche à l'approche d'un péage, il avait percuté la séparation centrale de sécurité en béton. Sous la violence du choc, sa voiture avait rebondi à la manière d'une bille de flipper après avoir heurté un contact. Sa berline avait été réduite à l'état d'épave, mais il s'en était sorti indemne, hormis une grande frayeur. Personne n'avait été blessé et aucun autre véhicule impliqué dans l'accident. Une chance aussi insolente arrivait parfois, au désespoir de la Faucheuse.

Il aperçut la bretelle d'accès d'une aire de repos mal signalée et s'y engagea après avoir actionné son clignotant. L'endroit était encombré de camions et d'autocars de tous types et nationalités à l'arrêt. À l'orée du parking, une impressionnante semi-remorque de déménagement portait l'inscription « Amsterdam-Paris, Paris-Amsterdam déménagement – particuliers/entreprises/garde-meubles ». À gauche, un véhicule de transport de produits surgelés côtoyait un trente tonnes lourdement chargé. À l'opposé, une longue semi-remorque articulée portait sur ses deux étages des voitures aux couleurs vives, pas toujours du meilleur goût, à destination des concessions. Les flancs des camions étaient couverts d'inscriptions publicitaires. Il ne manquait ni numéros de téléphone et de télécopie, ni adresses électroniques. Plus en retrait, bien alignée, une collection d'autocars aux lignes futuristes se devinait. Cet ensemble hétéroclite composé de plusieurs dizaines d'engins avait en commun le gigantisme qui l'apparentait à un troupeau de dinosaures endormis. Lui n'était qu'un petit mammifère égaré dans cette jungle de métal et risquant à chaque mouvement de réveiller l'un des monstres assoupis qui n'hésiterait pas à le croquer pour son petit déjeuner comme on avale une biscotte.

C'est donc à pas de loup, plutôt à roues de loup, qu'il se dirigea vers la partie réservée aux véhicules de tourisme, ce qui relevait du parcours du combattant. L'aire était sous-dimensionnée et les camions s'étaient garés en empiétant sur des accès qui leur étaient interdits. Il maudit alors le choix qu'il avait fait d'une berline aussi encombrante. Les camions immobilisés formaient une haie d'obstacles presque infranchissables. Leurs cabines n'étaient pas éclairées et aucun bruit en provenance de l'extérieur n'était perceptible, ce qui l'étonnait, car à cette heure les routiers auraient dû s'activer afin de se préparer à reprendre la route. Malgré cela, les puissantes machines semblaient abandonnées. Il parvint à se faufiler après mille précautions, mais il buta bientôt sur une chaîne tendue en travers de la route pour interdire toute progression et sur laquelle pendait un panonceau se balançant d'avant en arrière portant l'inscription « fermé pour travaux ». Voilà la raison pour laquelle des camions s'étaient rangés sans prêter attention à la voie d'accès réservée aux voitures de tourisme. La société d'exploitation de l'autoroute avait omis de signaler cette fermeture partielle, ce qui lui valut d'être vouée aux gémonies par Charles.

Rebrousser chemin par la voie de sortie des colosses d'acier toujours assoupis était la seule solution, mais la manœuvre s'avérait périlleuse puisqu'un demi-tour était impossible, faute de place. Il fit donc marche arrière. Presque aussitôt, un grincement aigu analogue à la sonorité produite par une craie lorsqu'elle dérape sur l'ardoise d'un tableau noir se fit entendre. Il avait éraflé l'aile d'un autocar. En mordant dans le métal, il avait inscrit une trace rectiligne dans les deux carrosseries qui avaient échangé un peu de leurs peintures. Il ne manquait plus que cela. Il jura et s'attendit à ce que le chauffeur de l'autocar bondisse de l'habitacle en gesticulant comme un diable sur ressort sorti de sa boîte. À sa surprise, il n'en fut rien. La cabine de conduite de l'autocar accidenté demeurait opaque comme la nuit et les rideaux tirés sur l'intimité ne frémissaient pas. Le chauffeur avait le sommeil particulièrement lourd, ou bien il se cachait.

Il fallait agir, sortir de la voiture, frapper sur le battant de la porte de l'autocar et expliquer les circonstances de l'accrochage pour rédiger un constat amiable dont le formulaire devait bien traîner quelque part. Mais comment faire ? Pris en sandwich entre deux masses de métal, il ne pouvait ouvrir aucune portière. Il fallait d'abord se dégager sans aggraver les dommages déjà causés. Avancer doucement, puis reculer à nouveau, toujours très doucement, en regardant de chaque côté.

Enfin dégagé, il voulut s'extraire de son siège, mais, lorsqu'il essaya de déverrouiller la portière, celle-ci refusa obstinément de s'ouvrir. Le loquet s'était pourtant relevé. Le mécanisme devait avoir été faussé. Décidément, rien ne fonctionnait normalement dans cette voiture. Une simple blessure de la carrosserie aurait dû n'avoir aucun effet. Bien au contraire, le système de fermeture avait été conçu pour se déverrouiller automatiquement en cas de choc.

Pendant qu'il s'efforçait en vain de tirer vers lui le levier d'ouverture de la portière, il ne se passait toujours rien au-dehors. Il n'y avait pas âme qui vive. Tout cela était anormal et, peu rassuré, il voulut quitter au plus vite ce lieu oublié de Dieu et des hommes. Il se souvint que les agressions sur les aires de repos étaient fréquentes et il ne tenait pas à figurer dans la liste des victimes. Sans prendre le temps de relever l'immatriculation de l'autocar embouti pour déclarer le sinistre auprès de son assureur, il se dirigea vers la sortie. Oubliant toute prudence, au risque d'un nouvel accident, il écrasa la pédale d'accélérateur et pressa en même temps le bouton de la commande de vitesse au volant pour imprimer à son véhicule une puissante poussée lorsqu'il s'engagea sur la bretelle d'accès à l'autoroute, mais le moteur ne répondit pas à tant de sollicitations.

Alors qu'il peinait à mettre de la distance entre lui et ce cimetière, celui-ci s'anima enfin, comme s'il avait attendu son départ. Des phares s'allumaient à la manière d'une guirlande de Noël, le vrombissement des moteurs s'entendait de loin et des individus s'affairaient derrière les volants. Il y avait donc des routiers et il s'était affolé un peu vite. Mais comment était-il possible que personne ne se soit manifesté lors de l'accrochage ? Le vacarme qu'il avait fait n'avait pu être ignoré.

L'aire de repos, qui portait si mal son nom, s'effaçait des rétroviseurs pour faire place à la lumière crue des phares des mastodontes ayant repris leurs périples en une colonne serrée. Il était tracassé, car s'il avait conservé son sang-froid, il n'aurait pas fui, un peu bêtement, et aurait pu offrir de réparer le dommage qu'il avait causé. Il était coupable d'une petite lâcheté, mais il était trop tard pour revenir en arrière et ses regrets, comme ses remords, n'y changeraient rien.

Il inscrivit l'événement dans la colonne de ses mauvaises actions, à la manière d'un comptable consciencieux avant de faire la balance avec la somme de la colonne des bonnes actions et n'y pensa plus. Dieu – s'il existait – lui pardonnerait bien un aussi petit écart de conduite. Que diable, il graciait parfois certaines de ses brebis pour des forfaits autrement plus graves. En attendant son jugement, Charles ne s'était pas arrêté comme il l'avait voulu pour se remettre des émotions d'un voyage à peine commencé. Il ne ressentit cependant pas le besoin d'une pause qui pourrait d'ailleurs réserver d'autres surprises et, à cette idée, eut presque peur d'avoir à nouveau peur.

Égaré dans ses pensées, il s'aperçut à peine que l'autoroute était toujours aussi peu fréquentée et qu'un jour blafard avait succédé à l'obscurité agonisante de la nuit. Lui n'était plus pour l'instant qu'un frêle lumignon – telle une vie luttant pour ne pas s'éteindre – avançant sur un ruban d'asphalte suivi par le regard de la Faucheuse.

Chapitre 5 – La « Mercedes 190 » modèle 1959

Pensif, Charles roulait sans prendre garde à la ligne blanche peinte sur le macadam à sa droite et qui faisait office de frontière avec la voie réservée aux arrêts d'urgence interdite à la circulation. Il la violait régulièrement sans s'en apercevoir, mais les trépidations provoquées par le roulement sur la bande rugueuse d'avertissement le rappelaient à l'ordre. Après les événements réels ou imaginaires qui s'étaient succédé en si peu de temps, une sensation de vide, presque angoissante, s'instillait en lui. Il frissonnait toujours à l'idée que la mort avait croisé son chemin, à moins que ce ne soit lui qui ait rencontré le sien. Jusqu'à aujourd'hui, il ne la redoutait pas particulièrement et y pensait peu. Cependant, il y avait plusieurs années de cela, elle l'avait profondément marqué, après qu'elle eut accompli un ouvrage propre.

Un vendredi, aux environs de vingt et une heures, le dîner familial s'achevait et l'on allait passer au digestif lorsque la sonnerie du téléphone avait retenti. La conversation avait été aussi brève que préoccupante. Il fallait sans tarder se rendre chez les grands-parents. Le trajet ne fut pas long à cette heure où l'absence de circulation rendait cette petite sous-préfecture déjà endormie encore plus sinistre qu'à l'ordinaire. Après avoir franchi le seuil de la porte d'entrée, les visiteurs virent seulement le fauteuil installé au centre du salon. Il ne leur fut pas difficile de deviner que la vie avait quitté le corps de l'octogénaire qui l'occupait. La mort était passée dire bonsoir après le dîner.

Dans son souvenir, la pièce était faiblement éclairée par une lampe à l'éclat terne que le scintillement de l'écran de télévision allumé ne parvenait pas à rehausser. Les arrivants s'étaient instinctivement recueillis en conversant à voix basse avec les présents, pour ne pas troubler le sommeil du défunt. On s'interrogeait gravement sur les causes et le moment du décès en attendant le médecin de famille, car il y a toujours un médecin de famille en province. Pendant ce temps, l'assemblée prit la décision d'allonger ce corps inerte sur son lit, ce qui était plus facile à dire qu'à faire, car même s'il ne s'était pas écoulé plus de vingt minutes entre le coup de téléphone et l'arrivée sur les lieux, la rigidité cadavérique s'était déjà installée en position assise. Si ce n'étaient les circonstances, le transport en aurait presque été rendu comique. Après bien des efforts, le lit de la chambre accueillit la dépouille dans une position recroquevillée, celle dans laquelle avaient été retrouvées des victimes de l'éruption du Vésuve dans le jardin des fugitifs à Pompéi.

Le médecin finit par arriver, le costume en vacances, pour constater le trépas, ânonner quelques paroles convenues que personne n'entendit et repartir aussi vite qu'il le pouvait. Il avait sa vie à vivre et cette mort n'était pas la sienne. Le reste de la soirée fut ce qu'il devait être et son souvenir s'était estompé avec le temps, à la différence des événements du lendemain.

Charles était attendu dans une ville voisine pour prononcer en début de matinée une conférence devant cent cinquante personnes. Arrivé avec un peu d'avance, il avait remis de l'ordre dans ses papiers et s'était imprégné des premières minutes de son intervention. Le discours, austère, devait être déclamé avec passion, surtout un samedi matin devant un parterre de jeunes gens frustrés, car privés d'une partie du week-end. À l'heure dite, installé derrière un bureau dont l'apparence rappelait un tronçon de la ligne Maginot, il avait cherché ses mots, mais aucun son n'était sorti de sa bouche. Après d'intenses efforts sur lui-même, il avait péniblement articulé quelques phrases, ce qui avait suscité un étonnement qui se lisait sur les visages juvéniles le regardant fixement. Il fit alors ce qu'il n'avait jamais fait et qu'il ne refit jamais. Il avait prié son public de l'excuser, car son état ne lui permettait pas de poursuivre et, sans plus d'explication, avait quitté en toute hâte les lieux devant son auditoire ébahi.

Pourquoi repensait-il à cet épisode de sa vie juste à cet instant ? Était-ce le souvenir brusquement surgi du fond de sa mémoire de l'expression apaisée sur le visage de son grand-père lorsqu'il s'en était allé dans son sommeil ? Il n'avait pourtant éprouvé aucune crainte lorsqu'il avait pris la route, comme chaque lundi matin d'octobre à mi-décembre et de mi-janvier à juin. Qu'aurait-il bien pu redouter d'ailleurs ? Les étranges visions accompagnant l'aurore, bien vite disparues, n'étaient pas réelles. Il s'en persuadait. Il se répétait ainsi que ce sont les vivants, hommes et bêtes, qu'il faut craindre, rien d'autre.

À moins que la fin du voyage ne survienne plus tôt, car la Faucheuse était parfois impatiente. Depuis que la paix s'était installée dans la région, elle en était plus qu'à son tour réduite à moissonner quelques épis encore verts, tels de jeunes conducteurs insouciants du danger et se sentant à l'abri dans leur char de métal, comme le croyaient les chevaliers médiévaux dans leurs armures si pesantes qu'elles n'offraient qu'une protection illusoire une fois à terre. Elle avait pourtant certaines opportunités, tel un autocar bien rempli versant dans le fossé, ou un carambolage par temps de pluie, de neige ou de brouillard, un peu comme ce matin. Mais il n'était plus un novice et connaissait les pièges à éviter. Alors pourquoi ce souvenir précis lui était-il revenu ? Un autre décès était-il survenu dans sa famille ou parmi ses proches depuis qu'il avait entrepris son voyage ? À cette idée, il s'attendit à ce que le téléphone de voiture sonne, mais les secondes, puis les minutes s'écoulèrent avec lenteur, sans que rien ne se passe.

Il n'avait donc eu aucune prémonition. Le souvenir de ces moments douloureux avait sans doute surgi, favorisé par l'ambiance de ce lieu qui avait été le théâtre de combats féroces et sanguinaires et où il avait une partie de ses racines. L'un de ses aïeux avait sacrifié sa vie dans une bataille tristement célèbre qui s'était déroulée plus à l'Est, dans une contrée à jamais meurtrie par la guerre. Né un 24 septembre 1891, soldat de 1re classe au 56e bataillon de chasseurs à pied, mort pour son pays, comme tant d'autres, des suites de glorieuses blessures devant Verdun, au bois des Caures le 25 février 1916, quatre jours seulement après l'offensive allemande. Il restait de lui une tombe portant le numéro 1252 et ce sabre qui avait vaillamment combattu, rangé désormais dans le porte-parapluie de l'appartement. Quelle dérision !

À cet instant, un certain malaise l'envahit. Des chimères l'avaient effrayé, tandis que de courageux jeunes hommes avaient affronté debout, en face, la mitraille et n'avaient fléchi que sous l'impact des balles. Se sachant perdus, ils avaient pourtant avancé sans faillir. Il se surprit à fredonner, comme une prière de pardon, le refrain de la chanson de Craonne qui avait terrifié le haut commandement français.

Adieu la vie, adieu l'amour,
Adieu toutes les femmes
C'est pas fini, c'est pour toujours
De cette guerre infâme. C'est à Verdun,
au fort de Vaux
Qu'on a risqué sa peau
Nous étions tous condamnés
Nous étions sacrifiés.

Ces soldats savaient-ils que leur combat avait dépassé leur propre existence et qu'aucun n'était mort en vain ? Mais qui s'en souciait encore ? L'époque était aux émissions de télé-réalité. Égaré dans le souvenir d'un autre temps, il se demandait s'il aurait combattu avec courage et même s'il aurait eu le courage de combattre.

Pendant qu'il cherchait une réponse qui ne viendrait jamais, sa main droite allumait machinalement la radio qui émit un désagréable grésillement sans que le système de recherche automatique ne parvienne à accrocher une station. Le relief tourmenté faisait obstacle à la réception. Un nouvel essai se révéla tout aussi infructueux et il se rabattit sur le lecteur des six disques compacts qui garnissaient un chargeur logé dans la malle arrière. Le premier disque choisi diffusa les mesures du sanctus du Requiem de Mozart. C'était de circonstance. Il écoutait toujours avec plaisir cette messe qu'il n'avait jamais trouvée triste, sauf ce matin, mais sans comprendre vraiment pourquoi. Sans s'attarder, il sélectionna le deuxième disque du chargeur dont le logement était vide ; un étonnant oubli. Le troisième était occupé et l'habitacle s'emplit bientôt des notes légères d'une symphonie de Gossec qu'il n'identifiait pas davantage. Son esprit n'était pas à une telle légèreté.

Avant qu'il eût pu enfoncer à nouveau le commutateur de l'appareil pour passer à autre chose, il était brusquement ramené à la réalité du voyage par les éclats insistants d'appels de phares répétés appuyés par le timbre d'un klaxon fatigué. Une voiture s'annonçait derrière à vive allure avec l'intention évidente de le dépasser. Parvenu à sa hauteur, il entraperçut brièvement derrière la vitre le visage à l'expression sévère du conducteur lui adressant un regard réprobateur. À force de vagabonder dans le passé et de s'interroger sur lui, il s'était mis à circuler à cheval sur l'axe médian de la chaussée, devenant un danger pour les autres et pour lui-même. Il n'était peut-être plus un tout jeune conducteur inexpérimenté, mais il ne s'était pas comporté autrement. Il était temps de se reprendre ; l'autoroute n'était pas à lui.

La voiture qui l'avait dépassé en trombe n'était pas ordinaire. Elle était un modèle ancien de berline Mercedes Benz de couleur noire avec des phares ronds dessinés en forme de globes et une grille de radiateur apparente surmontée d'une étoile à trois branches dans un cercle, emblème de la marque. Il s'agissait d'une « 190 », modèle 1959, presque l'année de sa naissance. Il en aurait juré. Seul un collectionneur pouvait – et surtout savait – conduire un tel engin. Le comportement manifesté par son conducteur était cependant assez inattendu. Les amateurs de voitures anciennes montrent rarement de l'agacement à l'occasion de leurs déplacements et cherchent encore moins souvent à battre des records de vitesse. Or, visiblement, le pilote poussait son véhicule à la limite de ses possibilités, comme s'il craignait d'être en retard à un rendez-vous à ne manquer sous aucun prétexte. Il avait rapidement disparu et Charles s'aperçut que lui-même progressait à une allure trop lente, dangereuse pour ceux qui le rattrapaient. Ils pourraient le percuter et c'était sans doute ce qui avait failli se produire. Aussi exerça-t-il une forte pression sur l'accélérateur, sans résultat. L'usage de la commande au volant se révéla tout aussi inutile. Plus grave encore, il ne parvenait pas à décélérer. Les freins ne répondaient pas à ses sollicitations et le régulateur électronique de vitesse était bloqué. Quoi qu'il fasse, la vélocité de sa machine restait constante, quatre-vingts kilomètres-heure.

La situation était tout autant inédite que préoccupante. Charles ne put s'empêcher de penser que l'ordinateur de bord avait pris le contrôle. Il était son prisonnier. Il se voyait déjà arriver sur la prochaine barrière de péage sans pouvoir s'arrêter. L'inquiétude montait en lui. Même si le péage était encore loin, la décapitation était au bout de la route. La Faucheuse avait décidément tout prévu.

Alors qu'il se demandait quelle manœuvre exécuter pour reprendre la maîtrise de son engin, tout rentra subitement dans l'ordre, comme s'il ne s'était rien passé. Les huit cylindres du moteur avaient retrouvé leur puissance et leur souplesse habituelle, répondant docilement aux instructions du pilote. La voiture poursuivait désormais sa course, le plus tranquillement du monde, sur une autoroute toujours aussi peu fréquentée.

Soulagé, sans toutefois être complètement tranquillisé, il crut pouvoir rattraper le temps perdu.

Chapitre 6 – La Flèche d'Or

La monotonie habituelle du voyage qui avait manqué jusqu'à présent reprenait ses droits. Le paysage défilait, un bosquet d'arbres dénudés après l'autre dans un silence toujours aussi peu troublé par le ronronnement d'un moteur qui savait se faire oublier. S'il n'y avait prêté attention, il se serait même assoupi. Après y avoir pensé, il avait renoncé à s'arrêter pour reprendre des forces. Les précieuses minutes gagnées à grand-peine pour rattraper son retard en prenant des libertés avec la vitesse autorisée auraient été perdues.

Pour une fois, car c'était exceptionnel, il avait enfreint cette limitation et l'avait franchement dépassée. Il éprouvait une vive jubilation dans la transgression de l'interdit, mais cette sensation ne l'empêcha pas de se rendre rapidement compte qu'il ne gagnerait pas grand-chose à l'arrivée, une dizaine de minutes tout au plus, à condition de ne pas être arrêté. Et puis, sans se l'avouer, il redoutait au fond de lui-même que la Faucheuse ne saisisse cette opportunité. Le risque n'en valait pas la chandelle. Autant être en retard. Soupirant de dépit, il décéléra pour revenir bloquer son régulateur sur les cent trente kilomètres-heure réglementaires, tout en se demandant comment s'occuper l'esprit puisque, lorsque cette fonction était enclenchée, la voiture pouvait presque se passer de son pilote.

Écouter les informations ?

Pourquoi pas ?

Il ralluma la radio, mais ce n'est qu'après plusieurs allers et retours sur la bande en modulation de fréquence qu'il réussit à bloquer manuellement une station émettant quelques phrases à peine audibles. Qu'importait, le sens général du discours convenu du journaliste se devinait si facilement. Il commentait les dernières déclarations de responsables politiques. Ceux-ci expliquaient que les promesses faites quelques mois auparavant pour obtenir de précieux suffrages n'avaient pu être tenues en raison d'une conjoncture défavorable. Curieuse attitude, pensa-t-il, que celle des politiques de tous bords consistant à imputer aux circonstances la responsabilité de leurs échecs à répétition et de mettre en avant leur détermination en cas de succès dont ils sont les premiers surpris.

La radio devint bientôt inaudible, mais, pour ce qu'elle offrait comme programme, ce n'était pas un mal. Il l'éteignit et bascula le commutateur du poste sur la position « CD ». Il en était resté au quatrième disque du chargeur. Changement de rythme : la musique diffusée était celle d'un groupe anglais des années soixante-dix un peu agité qui aurait certainement déplu à Mozart, s'il était encore de ce monde. Encore qu'il ne fallût jurer de rien, le classique d'aujourd'hui étant parfois d'une étonnante modernité à l'époque de sa création, mais l'heure encore matinale n'était pas propice à cette débauche de sonorités agressives. Il y a un temps pour chaque musique et le hard rock se marie mieux avec le pousse-café du soir qu'avec le café noir du matin. Il se décida donc à passer au disque suivant. Le tumulte fit place à l'une des rassurantes suites de Bach, juste au moment où il crut apercevoir dans l'entrebâillement de la fenêtre sur sa gauche le légendaire train de la Flèche d'Or. Il en avait la reproduction en modèle réduit à l'échelle zéro installée sur la moquette de son salon qui effrayait parfois le chat lorsqu'il la faisait fonctionner.

Non, il ne rêvait pas. Une puissante « Pacific Nord 231 » reconnaissable à ses contours massifs laissait s'échapper de sa cheminée, véritable figure de proue, une épaisse fumée qui s'étirait et se dissipait dans le prolongement des voitures identifiables entre mille : de superbes « salon-pullman » en livrée crème et brun à sept fenêtres, flanquées de chaque côté des jours ovales des toilettes et se prolongeant par les portes d'accès avec leurs imposants marchepieds. Il pouvait presque lire les inscriptions peintes sur chaque côté des wagons : « Flèche d'or », pour la France et « Golden arrow » pour l'Angleterre ainsi que les dessins de flèches d'or qui donnaient son nom au train. Il apercevait tout aussi distinctement le massif fourgon à bagages composé d'une cabine centrale et de deux conteneurs cerclés de fer posés de chaque côté pour un chargement aisé sur le ferry entre Calais et Douvres. C'est qu'il n'existait pas de tunnel sous la Manche, mais on en parlait beaucoup.

10 h 30, Paris, gare du Nord, voie n° 4.

Les contrôleurs en tenue impeccable, en faction au pied des portes ouvertes des voitures, attendent les passagers encore occupés pour certains à faire enregistrer leurs bagages au guichet de la compagnie planté au milieu d'un hall accueillant une foule bigarrée et bruyante. De leurs côtés, des chauffeurs s'activent près de la gueule ouverte de la chaudière pour alimenter son foyer à grandes pelletées de charbon et faire monter la pression. Ils seraient prêts à lâcher la bride du cheval de fer au signal du départ donné par un puissant coup de sifflet à midi. Des machinistes frottent aussi de lourds chiffons sur le corps du monstre d'acier jusque dans ses moindres recoins pour faire briller sa belle couleur chocolat à liserés dorés. Tous étaient fiers de leur train, le plus beau, plus beau que l'Étoile du Nord et l'Orient Express, et voulaient que cela se voie.

Une élégante s'impatiente. Comtesse ? Duchesse ? ou simple aventurière cherchant un bon parti, s'interrogea-t-il. Une belle femme en tout cas : grande, mince, mais pas trop, des yeux d'un bleu cristallin créés pour faire chavirer les cœurs, une coiffure bien ordonnée sous un ample chapeau et des mains gantées dont les extrémités tapotaient nerveusement sur le comptoir d'enregistrement pour indiquer clairement au préposé de la compagnie des chemins de fer du Nord que son rang lui méritait plus d'égards. Nullement impressionné, protégé par la grille de son comptoir, le guichetier, la tête sous sa casquette réglementaire ornée d'étoiles, prenait un plaisir à peine dissimulé à vérifier et revérifier le titre de transport, demandant confirmation sur confirmation sans jamais relever la tête. Il devait finalement se lasser de son propre zèle et, sans mot dire, sortir d'un tiroir une collection d'étiquettes réglementaires de toutes les couleurs et de toutes les tailles. Encore fallait-il choisir les bonnes. La perplexité dont fit preuve le préposé lors du choix fut grandiose. Un bagage ne correspondait visiblement pas à l'un des modèles exposés devant lui. Cela ne s'était encore jamais vu. L'imposante malle ornée d'un motif d'une grande maison de maroquinerie avait droit à une large étiquette d'un jaune discutable. Les trois petites valises en cuir rouge bordeaux bien sanglées seraient revêtues chacune d'un carré couleur vert pomme. La boîte à chapeau recevait un petit rectangle orange collé sur le bord supérieur, mais rien n'était prévu pour le sac de voyage ressemblant à une mallette de médecin. Il fallait pourtant bien l'étiqueter.

Charles suivait la scène en s'amusant de l'agacement grandissant de la belle menaçant maintenant haut et fort d'en appeler au supérieur hiérarchique, au chef de gare et même au directeur de la compagnie, ce qui n'eut aucun effet sur le guichetier toujours perplexe. Dans le tumulte de la gare en pleine effervescence, un journal à la main, il se dirigea vers le bureau d'enregistrement, enjambant prestement d'hétéroclites amoncellements de valises en attente pour offrir son aide à la femme en perdition qui avait épuisé son registre de menaces. Arrivé à sa hauteur, il prit l'initiative sans attendre :

— Permettez, Madame, que j'intercède auprès de ce préposé aux étiquettes.

— Ah, Monsieur, s'exclama-t-elle, vous me sauvez. Voulez-vous expliquer à ce drôle que ce bagage reste avec moi. Il n'a pas besoin d'être étiqueté.

Il lui murmura qu'il avait un bien meilleur argument et lui demanda la permission de le laisser agir. Elle la lui accorda S'approchant encore, il s'adressa au fonctionnaire en usant d'un ton autoritaire et en le prenant de haut.

— Monsieur, de toute évidence, ce bagage n'est pas celui de Madame, mais le mien posé par mégarde sur ses valises lors des manipulations maladroites de mon porteur. Voyez, il ne s'agit pas d'un sac de dame, mais d'une sacoche de médecin.

Pour seule preuve de ce qu'il avançait, appuyant sa parole d'un geste précis, il s'empara de la mallette et ajouta sur un ton ne souffrant aucune contestation :

— Donnez donc à Madame son reçu et finissons-en.

Le préposé ne se fit pas prier davantage. Le redoutable problème d'étiquette étant résolu, il s'empressa d'obtempérer et, tout en faisant signe au porteur suivant de s'approcher rapidement, remit le reçu demandé, dûment tamponné et signé. Puis, il fit mine de se plonger à nouveau dans l'étude du titre de transport que lui avait remis, non sans une certaine appréhension, le voyageur suivant.

Charles rendrait son bagage à sa propriétaire hors de la vue du guichetier dont il devinait qu'il les observait d'un œil attentif maladroitement dissimulé sous la visière de sa casquette. Il offrit son bras à la jeune femme afin de l'accompagner jusqu'au quai où il se rendait également, mais il était tôt pour embarquer. La onzième heure n'avait pas encore sonné et la Flèche d'Or ne quittait la Ville Lumière qu'une heure plus tard. Il restait à patienter dans la salle d'attente. Il proposa de l'y accompagner.

Après un bref instant d'indécision, pour que la morale soit sauve et sa réputation intacte pensa-t-il, l'inconnue accepta, sans se formaliser un instant de ce qu'aucune présentation dans les règles de la bienséance n'eût été faite ; elle prenait le bras d'un étranger. Et c'est ainsi que, d'un pas décidé, les deux voyageurs se dirigèrent vers cette salle où se côtoyaient des personnes qui ne se seraient jamais rencontrées en d'autres circonstances et s'ignoraient superbement. Il régnait une atmosphère unique dans ce local réservé à une classe privilégiée de voyageurs à l'accès sévèrement contrôlé par un vigile au faciès de boxeur ayant trop longtemps combattu. Bien que l'endroit fût protégé par d'épaisses vitres fumées, le tumulte de la gare y était perceptible. L'odeur de charbon et d'huile de machine brûlée, mélangée aux arômes de tabac, de café, de thé et de chocolat imprégnait les murs, le mobilier et les tentures. Heureusement, dans peu de temps, ils prendraient d'autres aises dans une voiture salon-pullman spécialement conçue pour le confort des voyageurs.

Charles invita sa compagne à s'asseoir et s'avisa brusquement qu'il ne s'était pas présenté. Dans sa précipitation, il avait manqué à la plus élémentaire des politesses. Il devait réparer l'indélicatesse. Ayant perdu sa belle assurance, il bredouilla quelques mots, avant de se ressaisir et d'articuler avec son ton coutumier :

— Mais, au fait, j'oublie de me présenter.

Et, lui prenant délicatement sa main toujours gantée pour la porter à ses lèvres en s'inclinant, il dit :

— Comte Charles de Mory, votre serviteur, Madame ?

— Anne, répondit-elle, d'un air distrait, le regardant à peine, comme si la question ne l'intéressait pas et qu'elle n'avait que faire de l'étiquette qu'il voulait lui imposer.

— Anne, répéta-t-il, avec quelques points de suspension, attendant la suite.

— Anne, tout simplement Anne, ajouta-t-elle, agacée par cette insistance.

Cette trop brève réponse le déstabilisa, mais il n'insista pas. Il ne connaîtrait pas son rang, si elle en avait un. Elle devait en avoir un puisqu'elle voyageait à bord de la Flèche d'Or. Elle ne ressemblait pourtant pas à l'idée qu'il se faisait d'une riche héritière et n'était visiblement pas de haute noblesse. Il songea à une Américaine.

Le carillon de la demie de onze heures invitant les voyageurs à rejoindre le train l'interrompit dans sa réflexion. Il offrit naturellement son bras à celle qui n'avait pas voulu se dévoiler. Elle l'accepta avec empressement, esquissant un sourire espiègle. Charles n'était pas coutumier d'une telle spontanéité. S'encanaillait-il ? Il allait monter dans ce train au bras d'une inconnue aux yeux bleus répondant au seul prénom d'Anne. Mais, après tout, le voyage est une aventure ; alors, pourquoi s'embarrasser d'un excès de convenances sociales poussiéreuses que la Grande Guerre avait fait voler en éclats, même si beaucoup commettaient l'erreur grossière de croire qu'il s'était seulement agi d'une parenthèse aujourd'hui refermée. Le bel ordonnancement d'avant-guerre avait été emporté dans la boue et le sang des tranchées qui resteraient encore longtemps des plaies ouvertes. Des monarchies séculaires avaient sombré. Les petits porteurs d'emprunts russes étaient ruinés à jamais. Des princes conduisaient désormais les taxis parisiens tandis que des criminels occupaient le Kremlin. Des personnalités se trouvaient déjà mêlées à des scandales politico-financiers. L'impôt sur le revenu bouleversait les habitudes et l'agitation sociale grandissait. On murmurait même que des ouvriers occupaient des usines en brandissant des drapeaux rouges et que certains étaient capables de séquestrer des patrons. Il n'y avait pas grand trouble à ajouter à ces bouleversements en accompagnant une jeune femme élégante à l'identité mystérieuse.

— Voiture une, voiture deux. Ah, voiture trois lança-t-elle à l'attention de son compagnon.

Il s'agissait aussi de celle dans laquelle il allait voyager. Curieuse coïncidence.

Abandonnant son bras, elle tendit au contrôleur son billet qui le prit avec un excès de politesse et l'aida à grimper les hautes marches de la voiture. Il n'en fit pas de même envers Charles qui ne s'attendait d'ailleurs pas à autant de prévenance à son égard, même s'il était embarrassé par le bagage à l'origine de la rencontre. Il eut aimé que le contrôleur l'en décharge pour le lui tendre une fois monté dans la voiture, ce qu'il ne fit pas. Il ne s'agissait pas de l'une de ses attributions.

Une fois à bord de la voiture, d'amples fauteuils en vis-à-vis les accueillirent et ils n'eurent guère à attendre le signal du départ. Au coup de sifflet donné par le chef de gare, à midi exactement, le train s'ébranla lourdement dans une éruption de vapeur, guidé sur ses rails réfléchissant les rayons d'un soleil à son zénith qui rehaussait encore l'éclat du convoi. Une petite aventure commençait.

Sortie de la gare et des faubourgs parisiens noircis par les poussières de charbon et la fumée, la puissante locomotive filait à toute allure pendant que Charles se demandait comment lier davantage connaissance, sans trop s'écarter des convenances. Après tout, il ne savait rien d'elle.

Anne faisait mine d'être absorbée par la contemplation du paysage qui défilait. Après quelques minutes, se tournant vers lui, elle prit finalement l'initiative :

— Ainsi Monsieur, vous vous rendez à Londres.

C'était une évidence. Bien que d'une infinie platitude, cette simple phrase permettait d'engager la conversation. Il connaissait bien Londres pour y séjourner souvent depuis la Grande Guerre comme conseiller économique et social de l'ambassadeur de France. Il savait que la guerre n'était pas seulement une affaire de batailles, mais aussi une question de chiffres alignés dans de longues colonnes bien ordonnées sur des registres. L'état des ressources commandait, autant que le courage des combattants, la victoire ou la défaite. La guerre avait été gagnée sans aucun génie militaire, à coup de massacres et presque par hasard, mais la paix était loin de l'être, faute de ressources, car la paix n'est finalement qu'une forme de guerre. Tout avait été englouti, hommes, bêtes, capitaux et machines ; désormais, la survie de chacun dépendait de l'exploitation des empires coloniaux et du crédit. Personne ne voulait pourtant croire que le monde avait sombré et ne se relèverait jamais de ce désastre. Il était entré dans une zone de turbulences et n'en sortirait plus. Certes, il y aurait des accalmies, mais elles seraient de courte durée avant de nouveaux affrontements encore plus terribles. La seule chose certaine était que tout était incertain ; vérité un jour, erreur le lendemain. Il fallait s'y préparer, mais Charles ne pouvait confier ce secret à une femme, même Américaine, et même s'il pressentait qu'elle n'était pas comme les autres. Il se demanda si elle était de la trempe d'Amelia Earhart, la célèbre aviatrice.

Lassée d'attendre la réplique, Anne l'interpella à nouveau :

— Je vous vois bien songeur, cher comte. Y a-t-il quelque chose que vous répugnez à dire à une femme ? Un faux secret, par exemple ? Laissez-moi deviner. Vous vous rendez à Londres pour négocier un traité de commerce afin que les puissances coloniales alliées continuent de se partager les richesses du monde. Maintenant que l'Allemagne n'est plus dans la course, ce sont les ambitions coloniales de Mussolini qui vous gênent. Mais il fallait donner à l'Italie une part du gâteau, même si sa contribution à la victoire fut modeste.

Charles resta sans voix. Elle avait lu dans ses pensées comme dans un livre ouvert.

— Co… comment, balbutia-t-il ?

— Allons, mon cher, croyez-vous que parce que je suis une femme, je ne sais rien de ce monde ? Vous l'avez constaté, je ne voyage pas seulement avec des cartons à chapeau. La tête des femmes n'a pas été conçue pour servir de support à ces accessoires, souvent ridicules. Il suffit de regarder le journal que vous lisez pour savoir que vous ne vous rendez pas à Londres pour y faire du tourisme, surtout en cette période de l'année, et vous voyagez seul.

Esquissant un sourire, il reconnut sa perspicacité.

— Vous verrez, ajouta-t-elle, que les femmes sortiront bientôt de l'état d'infériorité dans lequel elles sont enfermées depuis des siècles. La guerre leur a ouvert la voie de l'émancipation. Elles ont remplacé les hommes dans les champs, les usines, les boutiques, partout où ils s'étaient absentés pour porter les armes et combattre. Beaucoup étaient morts et ceux qui étaient revenus infirmes ou éclopés ne purent reprendre leur place. Qu'on le veuille ou non, la marche vers l'égalité ne s'arrêtera pas. Ce n'est qu'une question de temps.

Charles resta un instant sans voix. L'admiration suscitée par la perspicacité de sa compagne de voyage sur son compte fit place à une vive réprobation. Avant qu'il ne pût lui répondre, un maître d'hôtel vint opportunément les interrompre pour prendre la commande et revint presque aussitôt tenant un plateau d'argent sur lequel étaient posées deux coupes du meilleur champagne. Après y avoir goûté, la conversation reprit. Charles la voulait apaisée.

— Vous êtes étonnante. Je ne m'attendais pas à une telle charge. Vous prêchez la révolte, que dis-je, la révolution, avec une telle ferveur que l'on en frissonne d'avance, comme au temps des suffragettes.

— Et cela vous excite, avouez-le. Croyez-moi, ce n'est pas parce qu'une femme accepte de l'aide pour vaincre la stupidité d'un obscur préposé qu'elle est privée d'intelligence, même si en France, votre Sénat, rétrograde, s'est opposé au vote des femmes. Sublime ingratitude après tant d'efforts et de sacrifices pendant quatre ans…

Il en était sûr maintenant. Anne était Américaine. Seule une Américaine pouvait avoir un langage aussi direct qui ne lui déplaisait d'ailleurs pas.

Fallait-il pour autant poursuivre cette conversation, alors qu'il existait tant de sujets plus légers. Les années n'étaient-elles pas folles ? Mais au fait, de quelle folie s'agissait-il ? Du tourbillon enivrant d'une fête débridée après un incendie meurtrier, bien sûr, mais ce n'était qu'une parenthèse éphémère. Il savait, elle aussi, qu'un nouveau foyer couvait sous une cendre recouvrant des braises encore chaudes. Il gagnait sournoisement en intensité et, pour qui savait observer, il était déjà visible.

Il se surprit alors à regarder Anne en cherchant désespérément à échapper à l'attraction irrésistible du bleu si profond de ses yeux comme il l'avait fait de l'océan auquel il avait réchappé de peu quelques années auparavant, juste avant la onzième minute de la onzième heure du onzième jour du onzième mois de cette année 1918 qui résonnait encore et encore. Il n'y avait jamais vraiment songé jusqu'à cet instant, mais ce chiffre se répétant à l'infini, comme s'il était lu par une aiguille de phonographe empêchée de poursuivre sa course par un défaut du sillon du disque, signifiait que quelque chose était resté inachevé. Peut-être aurait-il dû ne jamais remonter à la surface et se noyer.

Il regardait Anne, littéralement hypnotisé, voyant toujours ses lèvres bouger, sans pour autant entendre le son de sa voix qui se perdait dans le lointain. Sa bouche et ses joues disparaissaient progressivement pour se renfermer dans un cou dont les vertèbres saillantes se dessinaient sur des épaules décharnées.

Charles se perdait encore davantage au fond de ces yeux tandis que les tentures s'effaçaient et que les amples fauteuils dans lesquels ils étaient censés être assis se recroquevillaient. Les chaleureuses boiseries de la voiture-salon pullman devenaient soudain froides et prenaient la couleur et l'odeur d'un vilain tissu bon marché.

Indifférent à ces transformations, Charles ne parvenait pas à se soustraire au sortilège qui l'attachait à ce regard dont la couleur s'était maintenant dissoute, telle une peinture à l'eau mouillée, dans le creux de deux orbites inexpressives.

Il était à sa merci, sans la moindre défense. Elle avait gagné. Elle sortit lentement son outil de travail dissimulé le long de son squelette et se prépara à frapper, à trancher dans le vif, selon son expression favorite ; elle souriait toujours en y pensant.

Soudain, à l'instant fatidique, sans raison apparente, mais d'une façon fort opportune, la voiture fit une embardée et Anne – enfin, celle qui avait pris son apparence – laissa tomber le couperet à côté de sa proie, indemne. Elle avait manqué son coup et, dépitée, quitta le théâtre du drame.

L'envoûtement était rompu et Charles sortit de sa torpeur. Assis, les mains posées sur le volant gainé de cuir de sa voiture, il contemplait à travers le pare-brise une route toujours aussi désertique. Il revenait lentement d'un étrange périple brutalement interrompu dont certains détails lui échappaient. Il conduisait un engin fonctionnel, mais froid et impersonnel. La Flèche d'Or ne circulait plus depuis longtemps et il y avait seulement eu un banal train à grande vitesse aperçu fugacement au loin filant à toute allure vers l'Est. Rien qui puisse faire rêver. Plus de porteurs dans les gares. Aucun guichetier à tancer pour les yeux d'une inconnue en perdition. Aucune intimité dans des voitures dépourvues de luxe où certains passagers d'une première classe, qui n'avait de première que le chiffre inscrit sur le billet, avaient oublié depuis longtemps l'usage du savon, des convenances et de la discrétion, et laissaient leurs marmots crier et courir dans le couloir central, exaspérant les autres voyageurs. Il était retombé brutalement dans la grisaille quotidienne, aux commandes d'un véhicule capricieux pour se rendre à son travail.

L'horizon vers lequel il se dirigeait se couvrait. Derrière lui également, le ciel s'était assombri. Il était exactement entre deux masses nuageuses, dans une trouée de lumière, un espace où la vie régnait, mais menacé de tous côtés par les ténèbres. Avec de la chance, il avancerait à la même vitesse que les deux dépressions et arriverait avant de subir l'averse de neige prévue qui rendrait la chaussée dangereuse.

Chapitre 7 – L'appel

Anne – dont il ne se remémorait déjà plus le véritable visage – était maintenant une réminiscence d'un improbable passé. Il la rangea avec soin dans un coin de sa mémoire au moment où l'orage éclata derrière lui pour se mettre aussitôt à le pourchasser. Lancé à la vitesse d'un cheval au galop, il le talonnait en engloutissant au passage tous ses souvenirs, les bons comme les mauvais. Il finirait par le rattraper et par rejoindre les nuages noirs encore loin en avant sur la ligne d'horizon, mais qui se déchiraient déjà dans des éclairs couleur vif-argent. Le grondement du tonnerre était la fanfare annonçant la rencontre qui scellerait la fusion du passé et de l'avenir. Avec la fin du temps, Charles disparaîtrait. La vie était donc une parenthèse douloureuse, ouverte et refermée au gré des fantaisies des Dieux pour leur plaisir. Les hommes étaient des pions que les locataires de l'Olympe manipulaient en leur faisant croire qu'ils décidaient de leur destin. Cela pimentait leur compétition. À la fin, la Faucheuse nettoyait l'échiquier et une nouvelle partie pouvait commencer.

Lorsqu'il l'avait aperçue, commençait-elle son ouvrage ou l'avait-elle achevé ? Une nouvelle partie avait-elle débuté dont il était sans le savoir l'un des acteurs, ou était-il l'un des survivants d'une dispute finissante promise au grand ménage d'automne ? Qu'importait finalement, son sort était déjà scellé, simple question de temps. Son bourreau pourrait peut-être même décider du moment et de la manière de porter l'estocade en guise d'intéressement, de prime récompensant ses bons et loyaux services. L'exécuteur travaillait certainement mieux lorsqu'il pouvait prendre un peu d'initiative. Autant en finir tout de suite, se dit-il : une brusque sortie de route, deux ou trois tonneaux et l'affaire serait réglée. Un suicide maquillé en accident de la circulation. Il lui épargnerait de la besogne en refermant lui-même la parenthèse de son existence.

Il se souvint y avoir pensé, il y avait longtemps, entre l'automne de son adolescence et le printemps de sa vie d'homme, vers ses dix-huit ans, à l'époque romantique où à force de lire et relire Châteaubriant et Verlaine, il s'imaginait promis à un destin tragique et héroïque le délivrant du monde étriqué qui l'étouffait. Rien ne le séduisait dans cette sinistre petite ville de province déclinant de jour en jour où, contraint, il entretenait sa mélancolie dans un collège où la religion se disputait la palme de l'ignorance avec l'enseignement laïc. Aucun défi à relever. Son avenir était déjà écrit sans suspense ni surprise, dépourvu de risque et sans sel ; des études, un service militaire, une entrée dans la vie active comme en religion, un mariage sans religion, car il fallait rester révolté, des enfants, peut-être, puis la vieillesse. La fin était connue, drôle de happy end. Alors oui, il avait certainement souhaité à cette époque échapper à cette vaste comédie qu'est la vie.

Ses dix-huit ans étaient loin derrière lui et le spleen de cette année si longue à s'écouler avait été brutalement chassé par la réalité froide et insensible de l'existence en devenir qui le rattrapait déjà. Oubliés Rimbaud, Prévert et les quelques mauvais vers griffonnés pendant les cours de philo pour tromper l'ennui ; oubliées les chansons guimauves et les vraies fausses leçons de morale apprises à grande peine. Oubliées aussi les soirées à contempler en soupirant par la fenêtre de la chambre à coucher les quartiers d'une lune brillante jusqu'au bout de la nuit en s'imaginant être le héros d'une princesse, prisonnière d'un démon. Il était rentré sagement dans le rang des feuilles de paye et des déclarations de revenus, résigné, plus que résolu, à ne pas abandonner une partie qui continuait.

Les nuages déjà crevés du passé et ceux de l'avenir encore intacts s'attiraient désormais tout en se repoussant. Ils entamaient une lutte épique en choisissant des formes changeantes, bizarres et fugaces, mi-humaines, mi-animales. Il voulait croire qu'une petite place était laissée à l'espoir tant que la parenthèse resterait ouverte et se dit qu'il pouvait durer. C'est cela, durer, comme ces soldats de la Grande Guerre, vivre une heure, un jour, une semaine de plus, avec l'espoir chevillé au corps d'en voir la fin. Et puis, lorsqu'elle arriverait, il ne lui resterait qu'à attendre sa propre fin. Il n'y avait pas d'échappatoire.

Il s'en rendit compte, mais il savait déjà au plus profond de son être qu'il n'y avait pas d'espoir. Il n'y en avait jamais eu.

Il sursauta. La sonnerie du téléphone de voiture venait de retentir alors qu'il ne s'y attendait pas. On l'appelait rarement dans sa voiture, et jamais le lundi matin. Manœuvrant la commande au volant, il prit la communication tout en lançant un « allo » en direction du micro dissimulé dans le plafond de l'habitacle. Pour toute réponse, il entendit un grésillement qui ne le surprit pas tant la réception était généralement de médiocre qualité dans cette région au relief tourmenté. Il lança dans le vide un nouveau « allo » qui n'eut pas plus d'écho. Il se répéta alors dans l'attente d'une réponse qui finit par arriver :

— Veuillez ne pas quitter, vous allez être mis en relation avec…

Il ne sut pas qui, la communication fut coupée.

Allons bon. Qui pouvait bien vouloir lui parler ? Qui d'ailleurs pouvait l'appeler sur ce numéro qu'il avait gardé quasi confidentiel ?

La sonnerie retentit à nouveau et il décrocha aussitôt pour s'entendre dire :

— Veuillez ne pas quitter, vous allez être mis en relation avec…

Il n'en sut toujours pas davantage.

Dieu, que cela était agaçant.

La consultation du journal téléphonique le renseignerait sur son correspondant. Il n'en fut rien, car il s'agissait d'un numéro « masqué ».

Il se demanda avec une pointe d'inquiétude s'il ne s'agissait pas de la Faucheuse en quête de la raison pour laquelle il ne s'était pas arrêté lorsqu'elle lui avait fait signe à l'échangeur. Elle attendait une explication !

— Parce que, balbutia-t-il, je n'en ai pas eu le temps.

— Pas eu le temps ! répéta-t-elle, surprise, avec un accent réprobateur. Tu roulais doucement, cherchant d'ailleurs à savoir qui te faisait des signes. Si tu avais voulu, tu te serais arrêté. Tu ne l'as pas voulu. Reconnais-le franchement, cela ne changera rien.

Presque en s'excusant et bégayant, il répondit :

— Il faut me comprendre. Je ne m'attendais pas à vous rencontrer sur l'autoroute faire de l'auto-stop. J'ai été surpris ; et puis, il était bien tôt.

— Il n'y a pas d'heure pour les braves. Tu te lèves bien à cinq heures. Tu n'as donc aucune compassion !

Il était stupéfait. Elle qui, sans état d'âme, cueillait les vies jusqu'à l'ivresse, et n'en avait jamais assez, lui reprochait un manque de compassion. Elle n'avait pourtant pas la moindre idée de ce dont elle parlait.

Elle devina les pensées de son interlocuteur.

— Je sais ce que tu crois, mais tu te trompes. J'éprouve souvent de la pitié pour tes semblables, surtout pendant les périodes chargées où j'accélère la cadence. Ils ne souffrent pas trop – j'y veille – même lorsque leur agonie est longue. Je ne suis pas aussi méchante que…

Il ne lui laissa pas le temps de poursuivre.

— Vous mentez, se surprit-il à dire d'un ton furieux. Les sursitaires sont ceux que vous avez ratés et qui survivent estropiés, impotents, végétatifs, fous et, parfois, tout cela à la fois. C'est du travail mal fait, bâclé.

Désarçonnée par cette réponse à laquelle elle ne s'attendait pas, elle chercha à se justifier :

— C'est que vous êtes si nombreux et je suis tellement sollicitée qu'il m'arrive de ne pouvoir accomplir ma tâche comme je le devrais, et puis, tu as vu mon malheureux outil. Il n'a jamais été changé et il s'émousse bien vite. Alors, fatalement, il y a des loupés ici et là, mais je reviens toujours.

Charles ne désarmait pas.

— C'est le désespoir que vous laissez derrière vous et lorsque vous revenez achever ce qui subsiste de votre négligence coupable, vous en laissez encore un peu, juste pour le plaisir. Vous cachez quelques gueules cassées sous le tapis pour jouer ensuite avec elles.

Elle se fâcha :

— Mais qui t'autorise donc à porter de telles accusations alors que toi et tes semblables rendez ma tâche si compliquée avec vos guerres sans soldats, vos traitements pour endiguer les épidémies salvatrices ou vos faux remèdes miracles destinés à vous prolonger et, bientôt, les manipulations de votre génome. S'il m'arrive d'être négligente, vous en êtes généralement la cause et les souffrances endurées sont le prix à payer de votre folie ou de votre recherche d'une imaginaire fontaine de Jouvence.

Charles ne put s'empêcher de la contredire.

— Ah oui, et les procédés sournois que vous employez pour attirer à vous les esprits faibles, qu'en faites-vous ?

C'en était trop.

— Brisons-là, dit-elle sur un ton menaçant. Je ne t'ai pas appelé pour débattre avec toi de la qualité de mon travail ni de mes penchants…

Il l'interrompit.

— Alors pourquoi m'avez-vous appelé ?

Un silence embarrassé s'en suivit avant la réplique.

— C'est une bonne question, j'en conviens et, par ma faux, je ne m'en souviens pas. Pourquoi diantre t'ai-je appelé, moi qui m'annonce rarement ?

Pendant qu'elle réfléchissait, il s'amusait de ce trou de mémoire quand la sonnerie du téléphone retentit, lui faisant brusquement prendre conscience que la conversation qu'il tenait était imaginaire. Il décrocha et entendit sur un ton appuyé suivi d'un puissant rire sarcastique :

— Bonjour cher ami…

Il blêmit et raccrocha immédiatement. Elle était au bout du fil !

Chapitre 8 – Le tribunal des oiseaux

Bouleversé par l'appel reçu, résonnant encore à ses oreilles comme un avertissement sinistre, il remarquait à peine que les prévisions météorologiques de la veille étaient fausses. Il était seulement huit heures moins un petit quelque chose et une chute de neige imminente s'annonçait. Les flocons ne tardèrent pas à tomber. Les premiers à toucher le pare-brise chaud fondaient aussitôt. Dans le même temps, la couleur du ciel prenait un aspect laiteux tandis que les nuages présents de tous côtés rejoignaient la terre pour l'épouser.

La neige se mit brusquement à s'abattre en un flot compact, réduisant en un instant la visibilité à quelques mètres. À l'instar d'un skieur de haute montagne pris dans une bourrasque ne sachant plus où étaient la piste et le ravin, il ne situait plus exactement ni la route ni les bas-côtés. Les barrières de sécurité étaient à peine reconnaissables. La chaussée bientôt recouverte d'un épais tapis blanc réfléchissait sans direction précise l'éclat devenu terne des phares. En quelques instants seulement, une tempête l'avait emprisonnée.

Il sentit alors l'asphalte se dérober sous les roues qui patinaient. Les mains crispées sur le volant, tel un naufragé agrippé à sa bouée afin de ne pas couler, il ralentit prudemment sur le sol gelé qui rendait son engin aussi stable qu'un glaçon posé sur une toile cirée. Il parvint finalement à s'arrêter et poussa un profond soupir de soulagement tout en priant pour qu'aucun véhicule ne vienne le percuter. La violence de la bourrasque si soudaine l'avait surpris. Il se retrouvait seul au milieu de cette étendue blafarde où toutes les formes s'évanouissaient progressivement dans un fondu enchaîné.

Il n'y eut bientôt plus ni route, ni arbres ou panneaux de signalisation, encore moins de ponts ou de rails de sécurité. Seul restait un vaste espace immaculé. Ayant arrêté le moteur dont le fonctionnement n'était pas nécessaire pour maintenir un minimum de chauffage, le silence s'était installé. Il n'y avait pas le plus petit bruissement. Le vent avait disparu.

Charles était devant une page blanche dont il contemplait la virginité. À l'affût du moindre signe, il attendit de longues minutes, scrutant l'horizon, à droite, à gauche interrogeant de son regard le ciel et l'enfer ; mais rien ne se produisait. Il était dans le néant dont le blanc était la couleur.

Le pare-brise de la voiture s'effaçait, tout comme le métal de la carrosserie devenu transparent. Il était tel un peintre méditatif devant sa toile posée sur le chevalet frissonnant à l'idée du premier coup de pinceau. Le cœur battant à tout rompre, il se dit qu'il pouvait dessiner le monde, le modeler. Puisqu'il n'y avait rien, tout était à bâtir, à imaginer comme – il osait à peine y penser – un univers où la mort serait proscrite et où il pourrait se réfugier.

Le crayon apparu de nulle part qu'il tenait dans sa main pourrait alors écrire le merveilleux, mais aussi l'ignoble ; puisqu'il était dans le néant, comment ferait-il la différence entre le bien et le mal ? Surmontant ce dilemme, il se lança. Il fallait essayer. Sa main décrivit des mouvements précis d'où émergeaient des formes qu'il découvrait en même temps qu'elles apparaissaient sur la toile.

Une petite tâche marron glacé se devinait, telle une boule de poils. L'ombre de deux oreilles pointues apparaissait et quatre pattes blanches tachetées donnaient de la vie à l'ensemble. Il avait dessiné un chat qui s'amusait de sa propre création. Se dressant sur ses pattes arrière en gesticulant dans tous les sens, il cherchait à attraper les flocons en suspension dans un espace où le haut se disputait le bas, à moins que ce ne soit l'inverse. Il manquait un peu de verdure pour habiller la scène et un moineau pour la musique. La mine glissa sur la toile et celui-ci prit forme, vola et chanta.

Le chat se figea instantanément. À l'arrêt dans l'ombre du bosquet, il observait de ses grands yeux bleus le volatile tout à sa joie de sa jeune existence pleine d'insouciance. Après une profonde respiration, celui-ci entama un répertoire classique, ne prenant garde à rien. La détente fut fulgurante. La gueule du félin grande ouverte se referma d'un claquement sec sur l'oiseau dont le chant fut brisé d'un coup.

Aussitôt arrêté, le félin aux moustaches pleines de plumes fut déféré au tribunal des oiseaux présidé par un majestueux Grand Duc, assisté de deux kakapos qui n'avaient jamais aussi bien porté leur nom. Leurs becs enfoncés dans leur plumage et le regard éteint étaient les signes de leur obéissance. L'imposante tête du Grand Duc émergeait de sa robe noire, les yeux mi-clos, en demi-teinte, pour asseoir davantage son autorité naturelle. Cette présidence ne présageait rien de bon pour le malheureux chat aux pattes solidement entravées et sévèrement gardé par deux volatiles endimanchés, de la famille des vautours chauves.

Un lourd dindon au cou écarlate représentait un jury terne, mais suintant la vengeance à chaque frémissement d'ailes. Les moineaux, dont l'un des leurs avait été la victime innocente de l'acte odieux, étaient largement représentés. Un couple d'inséparables faisait le trait d'union avec une fauvette et trois pigeons qui n'avaient toujours pas bien compris ce que l'on attendait d'eux.

Le procureur corbeau se leva d'un sautillement, prit aussitôt la parole et dit avec autorité après s'être raclé la gorge pour s'éclaircir la voix :

— Grand Duc, kakapos, jury oiseaux de haute cour et de basse cour, l'acte que vous avez à juger aujourd'hui est particulièrement odieux. À l'aube de la création, alors que tout était paix, harmonie et tranquillité, l'accusé, ce chat, assis devant vous, faussement penaud, a prémédité son crime. Il s'est caché, à l'affût puis, sans aucune hésitation, a bondi pour tuer notre ami le moineau. Les témoins à charge vont établir ce fait. Huissier, faites entrer le premier.

Avec une démarche gauche, un pingouin dans sa jaquette impeccable introduisit une pie qui, d'une patte trépidante, vint prêter serment et attendit à peine qu'on lui donne la parole. Elle se mit immédiatement à jacasser :

— Il – désignant le chat d'un bref mouvement de tête – a croqué le moineau, croqué... qué... qué, le moineau... neau... neau. J'ai tout vu. Il a croqué...

Et la pie se mit à psalmodier, jusqu'à ce que le Grand Duc, visiblement excédé, l'interrompit :

— Le tribunal a compris et vous remercie.

Comprenant qu'elle était congédiée sans autre forme de procès, la pie tourna les ailes bruyamment pour quitter la salle d'audience en s'envolant, sifflant encore son interminable refrain : croqué le moineau, croqué le moineau...

Le kakapo siégeant à la gauche du Grand Duc, pourtant acquis à l'accusation, s'adressa à lui avec déférence :

— La déposition est claire. C'est indubitable, mais peut-on faire confiance à la pie ? C'est qu'elle est voleuse, la pie. Il paraît difficile d'accorder du crédit à un témoin à la moralité aussi douteuse, ne croyez-vous pas ?

L'air grave, le président reconnut la pertinence de l'observation tout en passant et repassant son aile droite sous son bec. Après quelques instants d'intense réflexion dont il ne livra pas les conclusions à ses assesseurs, il intima l'ordre à l'huissier de faire entrer le témoin suivant.

Un vieux perroquet s'avança lourdement, prêta posément le serment d'usage et à la question « qu'avez-vous vu », il répondit :

— Il a croqué le moineau, croqué... qué... qué, le moineau... neau... neau. J'ai tout vu. Il a croqué...

Et il se mit à réciter en boucle cette phrase, même lorsque le pingouin lui fit quitter la salle d'audience. On l'entendit encore alors qu'il était au fond du couloir.

Le kakapo siégeant à la droite du président, pourtant tout autant acquis que son collègue à l'accusation, s'adressa alors au Grand Duc :

— Le témoignage est aussi clair que le précédent, mais peut-on faire confiance au perroquet ? Il répète seulement ce qu'il entend et la pie jacassait fort dans le prétoire.

Embarrassé, le Grand Duc reconnut à nouveau la justesse de l'observation. Il interpella le procureur corbeau :

— Le tribunal espère que vous avez des témoins plus dignes de foi que la pie et le perroquet au soutien de l'accusation.

Pour toute réponse, le pingouin introduisit un canard à la démarche déhanchée prononcée, suivi de sa famille, cane et canardeaux collés à ses palmes imitant son pas. Avant même d'avoir prêté serment, il se mit à cancaner si rapidement que le ministère public décida de ne pas poursuivre une audition inaudible. Et puis le canard est coutumier de fausses notes, souvent criardes.

Le Grand Duc se retourna vers ses assesseurs qui se penchèrent vers lui, et murmura en manifestant un agacement à peine contenu :

— L'affaire est pourtant simple, que diable : un chat croque un moineau. On retrouve les plumes de la victime sur les moustaches de l'accusé qui a commis son forfait en plein jour et en public, mais pas la plus petite certitude que le félin allongé ici dans le box, la tête maintenant appuyée le plus paisiblement du monde sur ses deux pattes avant croisées, est l'auteur du forfait. Il faut pourtant faire un exemple, car tous les oiseaux savent que les chats sont leurs ennemis.

Vint le témoignage de la frêle perruche. Virevoltant avec crainte, un œil surveillant le monstre assoupi, elle posa timidement une patte, puis l'autre sur la barre des témoins avant de siffloter que le chat l'avait déjà tenue dans sa gueule et qu'elle avait seulement dû à la chance et à ses réflexes d'être ici aujourd'hui.

— Certes, mais est-ce le carnassier ici présent qui a mangé le moineau demanda le procureur corbeau ? Regardez-le bien avant de répondre. Prenez votre temps.

— Quelle drôle de question. Tous les chats veulent nous manger, répondit-elle outrée ! Ils sont à notre race ce que dame Faucheuse est aux humains.

Le Grand Duc intima l'ordre à la perruche de répondre uniquement à la question.

Vexée, elle lui tourna résolument le dos et se tut. Rien n'y fit, ni la menace ni la promesse d'une récompense. En désespoir de cause, elle fut traînée hors du prétoire, furieuse d'avoir été aussi maltraitée, alors qu'elle venait faire son devoir d'oiseau.

Le procureur corbeau se trouva fort marri. Aucun de ses témoins à charge n'était irréfutable. Se tournant vers le jury qui n'entendait rien à ce défilé, il chercha le salut de sa cause dans les maigres indices trouvés sur le prévenu :

— Ce chat est le coupable, clama-t-il haut et fort en le désignant de l'extrémité de son aile droite. Le duvet et les plumes retrouvés sur ses moustaches établissent qu'il a percé de ses crocs le moineau avant d'en faire son déjeuner. Il n'a pas eu le temps d'effacer toutes les traces de son crime abominable.

Le dindon eut l'air intéressé et les jurés moineaux visiblement convaincus. Les autres jurés semblaient ailleurs.

Avant de délibérer, il restait à la défense à s'exprimer.

Sur l'interpellation du Grand Duc, le chat sortit de sa torpeur et s'étira nonchalamment en ouvrant sa gueule grande comme une entrée de caverne sertie de crocs plus scintillants les uns que les autres, ce qui provoqua un instinctif mouvement de recul chez les jurés. Il miaula qu'il n'avait pas voulu confier sa défense à un oiseau de malheur et qu'il plaiderait seul sa cause. À la stupéfaction générale, il avait même un témoin à décharge : un dodo.

Une aile déjà dans la tombe et l'autre dans l'oubli, le dodo prit la parole et, alors que tel n'était pas son rôle, il plaida l'acquittement d'une voix fragile :

— Le chat ici présent a peut-être croqué le moineau, mais il n'a fait qu'obéir à son instinct. Comment pourrait-il être coupable d'un acte qui est dans sa nature de chasseur ? Le coupable, je vous le dis, s'il vous faut un coupable, est le porte-crayon qui l'a créé. Moi dont la disparition est déjà acquise, je vous adjure de ne pas le condamner, car c'est la création que vous condamnerez. Vous briserez l'équilibre et le monde des oiseaux disparaîtra emportant avec lui le reste de l'univers…

Le Grand Duc avait appuyé son bec sur ses deux ailes repliées pour écouter avec attention le dodo qui concluait en s'adressant directement au jury :

— Vous acquitterez le chat, non parce qu'il n'est pas certain qu'il ait commis l'acte que vous lui reprochez, mais parce que cet acte commis par un chat n'est pas condamnable.

Sur ces paroles, le matou assura qu'il n'avait rien à ajouter, ne démentit pas avoir croqué le moineau et retourna à son activité favorite après la chasse : la sieste.

Le jury se retira pour délibérer, précédé en grande pompe du président et de ses assesseurs.

Les délibérations furent longues et houleuses. Les moineaux réclamaient la tête de l'accusé. S'il n'avait occis l'oiseau le jour où il avait été pris, il en avait tué d'autres. Il était donc coupable pour tous ces actes. Les pigeons se rangèrent aussitôt à cet avis. Ils n'oubliaient pas qu'ils étaient aussi le mets favori du prédateur ; moins il y en aurait, mieux ils se porteraient. La fauvette rappela qu'il n'était pas établi que les plumes et le duvet prélevés sur les moustaches du chat étaient celles du moineau qu'on avait supposé mangé. Les inséparables n'étaient pas du tout de l'avis des moineaux. Ce n'était pas la race féline qui était jugée, mais un de ses représentants. Il n'était pas sur le banc d'infamie pour ce que ses congénères avaient pu faire ou ce qu'il avait fait un autre jour, mais pour ce seul crime. Retournant leurs plumages, les pigeons se rallièrent à cet avis que partageait finalement le Grand Duc en dépit de ses préventions. Les moineaux se sentirent en minorité et durent admettre qu'ils ne recherchaient pas la justice, mais la vengeance. L'argument du dodo ne fut pas mis dans la balance. Après un dernier tour de table, les débats furent clos.

Ite missa est lança alors le Grand Duc.

Chacun reprit sa place dans l'enceinte du prétoire et il revint au dindon de répondre à la question rituelle du Grand Duc :

— Le chat ici présent est-il coupable d'avoir croqué notre ami le moineau ?

— Non, il est innocent.

Ce fut la stupéfaction générale dans l'assistance. Après un bref flottement, un tonnerre de piaillements rageurs accueillit ce verdict. Effacez le chat, effacez le chat, hurlait la foule menaçante des oiseaux en colère.

Devant une telle révolte, lâchement, le Grand Duc céda.

Alors même qu'il était acquitté du crime qu'il n'avait donc pas commis, le chat, qui n'était coupable que d'être un chat, fut effacé. Il repartit d'où il était sorti, dans le néant.

Aussitôt après, le monde naissant disparaissait.

Chapitre 9 – Le chasse-neige

Charles se retrouvait à nouveau devant un espace vierge, un fusain à la main qu'il faisait mine de mordiller comme il le ferait avec un bâton de réglisse. Une seconde chance s'offrait à lui. Qu'allait-il faire ? Qu'allait-il créer ? Fallait-il seulement faire émerger quoi que ce soit du néant ? Celui-ci est si reposant ; il ne s'y passe rien ou si peu. Ce n'était donc pas encore le premier jour, ni même la veille du premier jour, mais l'avant-premier jour, celui où Dieu ne savait pas lui-même ce qu'il allait faire de son pouvoir ni même s'il allait en user.

Il eut l'idée d'édifier un monde minéral à l'esthétique parfaite dans lequel la Faucheuse serait sans emploi. Des pierres de toutes les tailles et de toutes les formes, certaines élancées comme des flèches de cathédrales, d'autres massives, à ras de terre, refléteraient dans toutes les directions les rayons émis par plusieurs soleils avec d'infinies nuances de rouge orangé. La variation de la lumière donnerait l'illusion de la vie ; une beauté crue, changeante, mais lassante, sans imprévu. Un simple jeu d'ombres perpétuellement recommencé, avec la certitude que l'harmonie régnerait, mais au bout du compte, l'ennui.

Il faudrait le modifier souvent en y ajoutant des nuances de gris, de jaune ou encore de violet, de l'éclat pour l'aube et de la pénombre pour le crépuscule, mais ce serait toujours un décor de théâtre attendant en vain les acteurs d'une tragédie qui ne viendrait pas. Celui-ci serait sans cesse en travaux, monté, puis démonté et remonté. Il finirait comme tous les jeux, rangé dans une armoire lorsque l'on s'en serait finalement lassé, et une fois les battants refermés, il resterait le néant. Un retour à la case départ.

Alors qu'il était absorbé dans ses pensées, un petit coin de la toile, tout en bas à droite, s'assombrissait. On griffonnait cette portion d'espace vierge. Il savait que ce n'était pas lui puisqu'il n'avait toujours pas utilisé son morceau de fusain qu'il regarda pour s'en assurer. Un autre que lui s'en chargeait, mais qui?

Après un bref moment de réflexion, il en vint à la conclusion qu'il s'agissait d'une nouvelle attaque. Elle – il ne voulait plus la nommer – s'en prenait encore à lui. Son offensive frontale ayant échoué, elle cherchait à l'atteindre par l'un de ses flancs.

Un sentiment de panique s'empara de Charles. Il n'avait pas d'armée à lui opposer. Elle avait anéanti tous les guerriers manœuvrant dans cette contrée depuis bientôt un siècle. Il lui fallait pourtant se défendre, coûte que coûte. Une gomme traînait à ses pieds. Il s'en empara et frotta le bord de la page, ainsi qu'il l'aurait fait en passant du coton aseptisé sur une blessure à vif, persuadé qu'il restaurerait ainsi le néant dans son intégrité, mais cela ne servit à rien. Il frotta à nouveau énergiquement, tout en prenant garde à ne pas transpercer la toile, sans plus de résultat. La salissure s'étendait, inexorablement. Il était désemparé, car, même en cherchant bien, il ne trouvait rien d'autre pour mener le combat, ni pot de peinture blanche, et encore moins un pinceau pour l'appliquer.

La situation devenait préoccupante lorsqu'une vive lumière noire apparut juste en face de lui. Pris de court, sa gomme lui échappa des mains. L'effet de surprise étant raté, l'attaquante n'avait plus de raison de prendre un chemin de traverse. La meilleure stratégie, pensa-t-elle, était celle du marmitage. Selon son point de vue, les résultats obtenus pendant la Grande Guerre avaient été tout à fait satisfaisants. Même si elle n'avait qu'une proie à chasser, les moyens mis à sa disposition ne lui seraient pas comptés.

La menace était sérieuse; il pouvait être pulvérisé. L'urgence était là!

La seconde bataille s'engageait. Aussi se mit-il à griffonner frénétiquement avec son fusain autour de l'envahisseur pour dresser une muraille de tout, de n'importe quoi et même de petits rien dans l'espoir de contenir son assaut. Après plusieurs minutes d'un intense travail qui le fit transpirer, il reprit son souffle en contemplant, non sans inquiétude, les barricades qu'il avait érigées. Pendant qu'il se demandait si elles seraient suffisantes pour résister à l'assaut en cours, un sourd grondement provenait de derrière le néant, mais il n'y prêta pas d'attention particulière sur le moment.

La lueur noire n'augmentait plus d'intensité.

Il avait gagné un répit au prix de son fusain, largement entamé, quand il aurait dû servir à tracer les esquisses du monde parfait auquel il avait confusément rêvé. L'oppidum hérissé de chevaux de frise qu'il avait dressé à la hâte lui parut cependant aussi illusoire que futile. Comme pour lui donner raison, la lumière noire gagnait maintenant en intensité et prenait la place du néant brillant et immaculé.

Les fortifications édifiées à la hâte tremblaient sur leurs bases. Il était inutile d'employer le minuscule morceau de fusain qui lui restait pour les renforcer et retarder l'inévitable. Une victoire était chimérique. Résigné, il était sur le point de rendre les armes.

À cet instant, le sourd grondement à peine entendu auparavant se fit plus insistant que jamais. Sous ses coups, l'agresseur chuta, renversé par l'irrésistible poussée du chasse-neige qui, dans un fracas assourdissant, emplit instantanément l'espace visible de son imposante masse sombre surmontée de phares à l'éclat aveuglant. Le puissant engin avait dégagé l'autoroute pour le libérer et lui permettre de reprendre son voyage, tout en délogeant la sinistre lueur qui se dissipait aussitôt pour rejoindre un royaume souterrain.

Recouvrant tous ses esprits, Charles était en mesure de reprendre sa progression vers Reims.

Chapitre 10 – Le visiteur du siège passager

Immobilisé par les congères, il avait pris un retard impossible à rattraper. Même si la route était maintenant en partie dégagée, la neige continuait de tomber sur la chaussée ayant conservé l'aspect d'une patinoire et le deuxième péage était encore loin. Il mit le contact et démarra en regardant la bande de bitume qui scintillait faiblement sous les reflets des cristaux de glace fondant lentement sous l'action du sel. Cette ligne noire était un fleuve bordé sur chaque rive par le néant blanc et la voiture, la barque d'Anubis dans laquelle il avait pris place, même s'il n'était pas encore trépassé.

Allons, trêve de divagations, se dit-il en secouant la tête. Il était sérieusement temps de songer à rouler. Aussi prudemment qu'il le pût, mais non sans appréhension, car il ne savait conduire ni sur la neige ni sur le verglas, il enclencha la première vitesse et embraya. Les roues patinèrent et l'arrière de la voiture se déporta latéralement, hors de son contrôle. Heureusement, les pneus finirent par adhérer à la route et la progression put s'amorcer à un train de sénateur, allure prudente et rassurante. De toute façon, les trois quarts de huit heures étaient passés et il ne pouvait plus être à l'heure à son travail.

À l'arrière, il aperçut des feux qui se rapprochaient selon des trajectoires aberrantes. Comme des patineurs disputant une compétition, des pilotes mesuraient leur adresse dans une course effrénée. Ils prenaient des risques insensés, frôlant les glissières de sécurité qu'ils faillirent heurter à plusieurs reprises. L'un d'eux fit la toupie avant de couper la trajectoire de l'autre qui se déporta latéralement dans une longue glissade. Charles était bientôt pris dans un étau, encadré par des engins aux toits recouverts de neige leur donnant l'apparence de boules de billard. Il était la sphère rouge presque immobile sur le tapis vert d'un billard français qui devait être percutée pour marquer le point, mais il n'avait pas l'intention d'être de ce jeu et chercha le salut dans une manœuvre d'évitement exécutée trop lentement pour être efficace. L'un des champions le dépassa rapidement, aussitôt imité par le second qui, moins adroit, parvint simplement à faire patiner ses roues arrière en projetant à la verticale deux grandes gerbes d'un mélange de neige sale et de sel. La voiture qui l'avait dépassé ne parvenait cependant pas à profiter de son avantage en dépit des efforts de son conducteur. Il se rapprochait d'elle, toujours talonné par son poursuivant. La situation devenait critique, car il ne pouvait accélérer sans percuter la voiture qui le précédait, ni freiner sans risquer la collision avec celle qui le suivait. Il entreprit une nouvelle manœuvre, fort audacieuse, en donnant un coup de volant vers la droite tout en lâchant l'accélérateur et en tirant simultanément un bref petit coup sec sur le frein à main. L'effet fut immédiat. Il se déporta en ralentissant suffisamment sa course pour permettre à la voiture suiveuse de le dépasser. Il avait réussi à s'extraire du jeu et passa sa main gauche sur son front pour en essuyer la sueur.

Les deux gladiateurs modernes ne se préoccupèrent pas de lui et poursuivirent leur course folle, indifférents à ce qui les entourait. Leur lutte n'était pas terminée. Charles se demanda quel était l'enjeu de cette compétition. Il n'y en avait pas. Le but n'était pas de gagner un trophée, mais de jouer. Son retrait de l'arène importait peu aux concurrents puisqu'il s'était finalement trouvé là par hasard. Il les avait gênés plus qu'autre chose.

La neige tombait toujours et l'horizon restait bouché, mais une étroite bande de roulement couleur ébène demeurait visible devant lui. Il lui suffisait de la suivre pour parvenir à sa destination. Il avait à cet instant la sensation d'être un funambule privé de balancier, risquant de tomber dans le vide à chaque pas qu'il osait à peine faire. Il n'était plus le maître du néant, mais une de ses victimes potentielles.

Il comprit alors que la ligne noire qu'il empruntait n'était pas le fleuve aux eaux sombres sur lequel Anubis dirigeait sa barque et dans laquelle il avait pris place, comme il l'avait tout d'abord imaginé ; elle était le ruisseau le reliant à l'univers des vivants. Les choses ne sont pas toujours ce qu'elles paraissent être. Ce qui l'inquiétait, c'est qu'il se tarissait et disparaissait par endroits pour ressurgir plus loin avec un débit plus faible comme pour lui annoncer que son existence était désormais en pointillé, avant de s'achever.

Il continuait cependant d'avancer prudemment, sans distinguer les configurations d'un paysage qu'il connaissait pourtant par cœur. Les nuages intimement mêlés à la neige déjà déposée absorbaient toujours les formes et les reliefs ne laissant apparaître ni ombre ni lumière. Il y avait seulement le mouvement de son engin dans l'axe intermittent de la route qui s'effaçait.

Il se mit à parler à voix haute pour exprimer une peur grandissante :

— Cette fois, je crois bien que c'est la fin.

Une voix décidée lui donna aussitôt la réplique :

— Non. Pas encore ; pas tout de suite.

La surprise fut telle qu'il faillit perdre le contrôle de sa voiture. Tout en cherchant d'où pouvait bien venir cette voix mystérieuse, il l'interpella :

— Qui est là ? Qui a dit cela ?

— Moi, répondit la voix qu'il n'identifiait pas tout en ayant la certitude qu'elle n'était pas celle qu'il avait entendue au téléphone une heure plus tôt et qui l'avait bouleversé. Cela ne le rassurait pas et il demanda :

— Moi qui ?

La réponse fut concise et peu explicite :

— Moi, tout simplement.

Cela n'allait pas recommencer, comme lorsqu'il avait cru voyager à bord de la Flèche d'Or en compagnie d'Anne dont il revoyait subitement le merveilleux visage qui n'avait pourtant jamais existé. La voix n'était pas féminine. À la réflexion, elle n'était pas masculine non plus. Il secoua la tête hardiment pour la chasser de son esprit et s'assurer qu'il était bien assis et sanglé sur son siège, occupé à conduire et à rien d'autre.

— Allons, dit-il encore à voix haute pour chercher à se rassurer, sans y parvenir, il n'y a personne. Décidément, mon imagination me joue des tours.

Ce n'était pas le cas. On lui parlait.

— Mais si, je suis là. Tu ne me vois pas parce que tu ne sais pas regarder. Non, tu ne veux pas regarder.

Il tourna et retourna la tête vainement à la recherche de celui qui lui donnait la réplique et qui était si sûr de lui.

— Où êtes-vous ? demanda-t-il avec des accents d'inquiétude dans la voix.

— Là.

— Où ?

— Juste à côté de toi. Regarde bien. Je suis assis sur le siège passager. Je t'accompagne d'ailleurs depuis un bon moment.

Il écarquilla les yeux et vit effectivement un être à l'apparence translucide. Une personne sans âge, aux traits indéfinissables lui rappelant vaguement son plus vieil ami, lui souriait. Il osa à peine lui demander :

— Que faites-vous là ?

— Je t'accompagne. Je viens de te le dire.

— Mais comment êtes-vous entré dans ma voiture ? Je ne me suis pas arrêté depuis Paris. C'est impossible. C'est tout à fait impossible.

Son compagnon soupira.

— Dieu, que tu es fatigant. Tu ne sais donc que poser des questions. Est-ce si important la façon dont je suis venu ? Réfléchis bien. Je suis là et c'est tout ce qui compte. Je suis venu te tenir compagnie et t'aider à ne pas perdre de vue le fil ténu de ta vie. Obsédé par sa perte, tu vas finir par l'égarer, alors que tout est encore possible.

Croyant qu'il lui suggérait qu'il y avait d'autres choses à voir au-dehors, il se mit à scruter la route défilant devant le capot, mais il ne vit rien de plus que la ligne noire qui se rétrécissait encore davantage. Il se risqua à une hypothèse.

— Vous êtes la Faucheuse travestie, n'est-ce pas, et vous venez me chercher par surprise.

Son visiteur ne put contenir un éclat de rire et il lui fallut un certain temps pour se reprendre et rassurer son hôte :

— Mais non. Regarde-moi bien. Ai-je son allure ? Elle n'est pas non plus mon amie. Je te le promets. Tu n'as d'ailleurs pas écouté ce que je viens de te dire. Je suis là pour t'aider.

Il rit à nouveau jusqu'aux larmes, sans convaincre complètement son interlocuteur. Qui était-il alors ?

— J'y suis, vous êtes un revenant. Vous êtes le fantôme de la voiture. J'ai acheté une voiture hantée. Que le diable m'emporte si je m'attendais à cela.

— Allons, sois sérieux. Ta voiture est neuve et tu en es le premier propriétaire. Pour qu'un fantôme y ait élu domicile, il aurait fallu que quelqu'un y soit mort et n'ait pas eu le temps de rejoindre le royaume d'Hadès. Tout le monde sait cela, même toi. Personne n'est jamais mort dans ta voiture. Et il ajouta, à voix basse, presque pour lui seulement, comme s'il craignait d'être entendu : pas encore.

Ce n'était pas faux. Charles était embarrassé.

— J'y suis cette fois, vous êtes le fantôme de la concession automobile. Vous vouliez voyager et vous avez élu domicile dans cette voiture.

— Décidément, tu débordes d'imagination ce matin, mais tu n'es pas tombé loin. Je finissais par m'ennuyer là où j'étais. La fonction était trop sédentaire et j'ai demandé une mutation, mais il y a bien longtemps de cela. Je me souviens, il y avait peu de postes, beaucoup de candidats et les auditions furent rudes, mais j'ai finalement obtenu la place.

Charles, désormais en confiance, crut bon d'ajouter :

— Alors, vous avez changé de métier.

— En fait, pas vraiment…

Le visiteur s'interrompit et tendit brusquement les bras pour s'agripper à la planche de bord en criant :

— Attention ! Tu vas quitter la route. Bon sang de bonsoir, regarde devant toi, tu as failli nous précipiter droit sur la glissière de sécurité. Elle est plus solide que ton engin et tu es plus fragile qu'elle. Tu devrais le savoir. Souviens-toi, il y a quelques années, du péage que tu as percuté en t'endormant.

Charles était désorienté.

— Mais où est la route ? Je ne la vois plus.

— Calme-toi. Tu vas la voir bientôt. Elle n'a pas encore disparu. Reprends-toi et observe bien, car je ne serai peut-être pas toujours là pour veiller sur toi. Tu m'as fait une de ces peurs !

Des accents de tristesse perçaient dans sa voix. Soudain, Charles s'exclama :

— Je la vois. Je peux la suivre. Mais, que se passe-t-il ? Vous ne souriez plus. Je vous ai fait si peur que cela !

— Non, c'est une expression dont j'abuse souvent. Elle m'est très utile, mais je ne peux pas avoir peur pour moi. Ce n'est pas dans ma nature.

— Je ne saisis pas bien.

— Ne fais pas attention, cela n'a pas d'importance. Sois plutôt attentif à ta conduite, car tu me parais fort distrait et l'on ne distingue pas encore très bien la bande de roulement. Ce serait vraiment bête d'avoir un accident maintenant.

— Avouez qu'il y a de quoi être troublé. Vous embarquez sans crier gare alors que c'est impossible. Et puis, comment êtes-vous au courant de mon accident, survenu il y a quelques années ?

Le visiteur ne répondit pas à cette dernière question.

— C'est vrai, tu as raison. J'ai eu tort de te parler. Je vais avoir de sacrés ennuis.

— Quels ennuis ?

— Cela ne te concerne pas. Je vais devoir te quitter, mais je ne serai jamais bien loin. Fais surtout bien attention. On ne sait jamais par ce temps. Il m'a été rapporté que… Mais j'en ai déjà trop dit. Adieu donc. Fais attention. Surtout, fais attention.

L'étrange visiteur avait disparu, mais son avertissement résonnait.

Charles en connaîtrait bientôt la raison.

Chapitre 11 – L'accident

Déjà neuf heures à l'horloge de bord!

Il était parti depuis près de deux heures sans avoir parcouru le tiers du chemin, alors qu'il aurait dû être arrivé à Reims. Les conditions climatiques épouvantables à l'origine de ce retard l'intriguaient et puis, comme il s'en était déjà fait la réflexion, rien n'était habituel, à commencer par l'absence presque totale de circulation. L'autoroute qu'il empruntait n'était d'ordinaire pas très fréquentée, mais elle ne l'avait jamais été aussi peu. Il avait bien aperçu quelques feux le croisant, une meute de camions et d'autocars à l'arrêt et même une vénérable « Mercedes 190 » noire qui lui avait semblé venir de nulle part, mais on ne pouvait pas dire qu'il s'agissait d'une fréquentation normale.

Il roulait entre deux levées de neige à l'allure de haies formées par le passage des chasse-neige. Il en sortit brutalement à la manière d'un obus éjecté du tube d'un canon pour se retrouver dans un lieu irréel et étouffant, envahi de fumées âcres et noires mélangées à d'épaisses cendres grasses qui restaient en suspension dans l'air. Il se souvint de l'avertissement donné par l'inconnu du siège passager et ralentit son allure en actionnant ses feux de détresse.

Il avançait dans une contrée meurtrie, ravagée par une catastrophe. Par endroits, le bitume était creusé de profonds sillons, comme labouré par le passage de gigantesques socs de charrue manœuvrés par des titans. Une glissière de sécurité enroulée sur elle-même se projetait à son extrémité à la manière d'une flèche tirée vers le ciel ou d'une main tendue adressant une prière à Dieu. À droite, au milieu et à gauche de la route des morceaux de métal de toutes tailles jonchaient le sol, certains incrustés de lambeaux de chair, parfois à un point tel que les deux matières fusionnaient dans un bouillonnement terrifiant. Des parties de carcasses formées de plusieurs matériaux agglomérés rougeoyaient encore pour former des buissons ardents qu'il longeait lentement dans un recueillement religieux. En comparaison, l'enfer faisait figure de paradis et l'expression de son visage emprunta à Edward Munch son Cri, celui qu'il voulut pousser à la vue de cette scène effrayante, mais qui se refusait obstinément à franchir le seuil de sa gorge nouée.

Dans la grisaille métallique ambiante, maintenant zébrée à intervalles irréguliers de brefs éclats couleur d'aluminium, il aperçut aussi sur le sol encombré de débris une coulée de magma sanguin épousant les formes qu'elle ne parvenait pas à pénétrer.

Il crut d'abord être entré sur un champ de bataille que l'on s'apprêtait à nettoyer juste après la fin des combats, mais il se rendit vite compte qu'il était seulement arrivé au dernier acte d'un carambolage provoqué par la tempête. Il n'y avait ni soldats, ni fusils, ni canons, mais d'innombrables carcasses encore reconnaissables, certaines fumantes et d'autres recroquevillées, achevant de se consumer. D'hétéroclites objets étaient disséminés un peu partout dont certains cherchaient à ensemencer le sol retourné. Là, des morceaux de toutes tailles de pneumatiques lacérés s'accrochaient dans la chaussée par leurs fils d'acier mis à nu. Ailleurs, des lambeaux de cuir encore attachés à des débris de fauteuils flottaient au vent dans des claquements secs ; ailleurs encore… des corps.

Cette vision fut terrible, mais il ne pouvait en être autrement. Les voitures transportaient des êtres de chair et de sang. La violence des chocs en avait tué ou blessé certains, brûlé d'autres et en avait parfois éjecté d'autres encore des habitacles devenus difformes. Il se représenta dans ses moindres détails le déroulement de l'accident au rythme d'un film projeté au ralenti. Une première voiture dérapant sur la chaussée glissante et tournoyant sur elle-même avait été heurtée par une deuxième incapable de freiner. Elle-même avait été percutée par une troisième n'ayant rien vu de la scène et, derrière, d'autres voitures et encore d'autres étaient venues à la rencontre de leur destin au rythme d'une Danse macabre en s'encastrant les unes dans les autres. Enfin, pour clore le bal, les pilotes qui faisaient la course et l'avaient dépassé peu auparavant étaient survenus, achevant leur jeu pour s'apercevoir que la mort en était l'issue. Clap de fin. Aucun cri cependant dans cette séquence muette. La Faucheuse n'aimait pas les gémissements. Elle avait bien travaillé, mais il lui avait échappé.

Charles s'était arrêté et voulait hurler pour appeler des secours. C'était inutile, ils étaient déjà là. Il vit quelques couvertures jetées à la va-vite sur le sol laissant entrevoir des corps désormais sans vie.

Il cherchait à sortir pour apporter son aide, mais un soldat du feu vêtu de sa combinaison noire ceinturée de bandes fluorescentes jaunes et coiffé d'un casque métallique lui donnant un faux air de cavalier de l'Apocalypse lui enjoignit de rester où il était et comme il était.

Impuissant, il contemplait immobile ce spectacle de désolation. Certains secouristes luttaient contre des incendies tourbillonnants qui dégageaient des volutes de fumée s'insinuant à travers les filtres d'aération pour pénétrer l'habitacle de sa voiture. Il n'y avait pas seulement une odeur de caoutchouc, de plastique, de cuir ou de tissus brûlés et de métal chauffé à blanc. Il y en avait encore une qu'il ne voulait pas identifier, mais qu'il sentait, jusqu'à en éprouver la nausée. Il avait bien coupé la ventilation extérieure en branchant la fonction du recyclage d'air pour isoler l'habitacle, mais il était déjà trop tard. Les horribles effluves imprégnaient maintenant le cuir des sièges et ses vêtements au point de lui donner une envie de vomir qu'il eut bien du mal à contenir.

Des pompiers surgirent d'un écran de fumée comme d'un cauchemar en serrant dans leurs bras deux corps inertes qu'ils déposèrent aussi doucement qu'ils purent dans la cendre et la neige à proximité de lui. Il distingua une femme à la chevelure désordonnée dont la finesse du visage indiquait qu'elle venait juste d'abandonner l'adolescence. Les yeux clos, elle semblait endormie, prête à se réveiller. Sa robe tachée et déchirée avait dû être blanche ; une robe de mariée. Mais alors, le second corps allongé à ses côtés devait être celui de son époux. Il ne parvenait pas à distinguer les traits de son visage penché vers celui de la jeune femme, veillant sur son sommeil pour que rien ne lui arrive. Il devait lui murmurer des mots d'amour, la rassurer, lui dire qu'il ne leur arriverait rien et qu'ils avaient toute la vie devant eux, des milliers de nuits à être ensemble. Elle devait l'écouter en souriant, charmée et y croire ; elle voulait y croire. Ils ne seraient jamais séparés ; ils ne l'étaient pas.

Il savait que son regard pénétrant l'intimité de ce jeune couple était déplacé, mais il ne parvenait pas à se détacher de ce tableau presque serein. Seules les couvertures finalement posées sur ces corps assoupis parvinrent à les préserver de sa curiosité.

D'autres cadavres étaient amenés et rangés à côté du jeune couple. Même lorsque les corps étaient déchiquetés, les visages, ou ce qu'il en restait, avaient une expression apaisée et cela l'intriguait.

Il vit alors nettement devant lui la « Mercedes 190 » noire qui l'avait dépassée plus tôt rouler au pas dans cette désolation, tous phares éteints, ralentissant jusqu'à s'arrêter à la vue d'une victime qui n'avait pas encore été découverte par les pompiers. À ce moment, l'intérieur de la voiture s'éclairait faiblement un bref instant, puis elle repartait à la recherche d'un autre martyr de cet affreux drame, et le même manège se répétait : une faible lueur apparaissait, pour disparaître presque aussitôt. Ni les pompiers ni les gendarmes ne faisaient mine de l'arrêter. Ils ne la voyaient tout simplement pas. Étaient-ils trop occupés à rechercher des blessés à secourir qu'ils ne trouvaient pas ?

Il comprit maintenant l'impatience manifestée par le conducteur de la voiture de collection lorsqu'il l'avait dépassé plus tôt dans la matinée. Il avait rendez-vous avec les mourants pour les aider à passer et ne pouvait être en retard. Ayant deviné qu'il était observé, il apparut un bref instant derrière la vitre fumée de la portière devenue transparente pour l'occasion. Il adressa un regard discret exprimant ce qui devait être de la compassion et de la tristesse. Puis, la voiture se perdit rapidement dans le lointain. Le travail à accomplir était achevé et l'ange chargé d'apaiser les âmes en partance poursuivait sa route vers d'autres gens à aider.

Il se demanda s'il aurait également droit à cette faveur lorsque son heure viendrait, sans s'étonner d'être visiblement le seul à voir cette étrange chorégraphie.

Une demi-heure s'était écoulée depuis qu'il avait été arrêté, mais le ballet des pompiers ne ralentissait pas. Une douzaine de cadavres au moins était maintenant allongée aux côtés du jeune couple figé pour l'éternité. Des sirènes hurlantes se faisaient entendre au loin et se rapprochaient rapidement. Des véhicules de premiers secours côtoyaient des fourgonnettes de gendarmerie ainsi que des véhicules de lutte contre l'incendie, avec leurs grandes échelles, et des dépanneuses. Les gyrophares balayaient l'espace et l'ordre se substituait peu à peu au chaos.

Il n'allait pas rester immobilisé encore bien longtemps. Les ambulanciers étaient à pied d'œuvre et la chaussée était désormais en partie dégagée. Un gendarme lui intima l'ordre de circuler et s'impatienta de ce que celui-ci n'était pas assez rapidement exécuté, mais il lui avait fallu un certain temps pour se détacher du spectacle et démarrer. Il reprit donc sa route qui redevenait rapidement normale. Le contraste était saisissant. La voie qui s'ouvrait devant lui était bien proprette. Il passait ainsi sans transition d'une tranche de mort dans un espace de vie pour redevenir le metteur en scène de sa propre existence, mais il était toujours seul sur l'autoroute.

Qu'il n'y ait personne devant lui ne l'étonnait pas puisque les voitures précédant le carambolage avaient poursuivi leur chemin, sans même apercevoir l'accident. Qu'il n'y ait personne en revanche derrière lui était bizarre. Puisqu'il avait été invité à circuler, les automobilistes qui le suivaient avaient nécessairement dû recevoir la même directive, mais il ne voyait aucune voiture.

L'ordinateur de bord lui donna la clé de l'énigme. Sur la ligne tracée en relief de l'écran matérialisant le trajet programmé apparaissait derrière la position du carambolage qu'il venait de quitter un second petit triangle aux bords rouges dans lequel figurait une voiture renversée. Un autre accident était survenu en amont de celui qu'il venait de quitter et les voitures qui le suivaient étaient immobilisées à ce niveau. L'explication était plausible, avec ce temps à ne pas mettre un chien dehors. Il l'admit, sans conviction.

Chapitre 12 – L'incursion au village

Il ne parvenait pas à chasser de son esprit les images de l'accident qu'il venait de voir. La fin tragique de ce jeune couple lui parut particulièrement injuste. Il s'était trouvé au mauvais moment, au mauvais endroit. Les dés de leurs existences avaient été lancés maladroitement et la chance n'avait pas été de leur côté. Il aurait pourtant suffi – croyait-il – de peu de choses pour que le sort en décide autrement. S'ils étaient partis quelques minutes plus tôt ou plus tard, ils auraient alors poursuivi une route tranquille, seraient arrivés à la destination choisie pour leur lune de miel et vécu leurs deux vies, peut-être à trois ou plus, mais leur destin avait été de n'avoir qu'une brève existence.

À cet instant, sortant de son silence, l'ordinateur de bord fit entendre sa voix artificielle pour annoncer la fermeture de l'autoroute :

— Attention, route barrée dans dix kilomètres.

La carte affichée sur l'écran suggérait de suivre un itinéraire de déviation en quittant momentanément la voie rapide.

Allons bon se dit-il, voilà qui va encore me ralentir. Fichu contretemps !

Il n'arriverait pas de sitôt à Reims dans ces conditions. Que faire ? Sortir de l'autoroute et se retrouver en rase campagne sur une nationale encore enneigée au risque d'être à nouveau bloqué par des congères, sans pouvoir être rapidement secouru, ou rester où il était et être de toute façon arrêté et certainement dévié. Une décision rapide s'imposait, car l'échangeur annoncé était en vue.

Il prit le risque d'abandonner l'autoroute.

Le poste de péage était aussi désert que celui passé plus tôt. La guérite du préposé à la manœuvre était inoccupée et la voie réservée aux porteurs de badge n'avait pas été utilisée depuis longtemps, en tout cas pas depuis la tempête. Le manteau neigeux recouvrant la chaussée ne portait aucune empreinte. Il serait donc le premier à le souiller.

Il s'engagea résolument dans l'axe de la voie réservée, son badge tenu à l'extrémité d'une main tendue au niveau du rétroviseur central, tout en s'étonnant de ce qu'aucune trace de son passage ne soit laissée par les roues de sa voiture. En tout cas, il n'en voyait aucune. Un bip émis par l'automate de service retentit et la barrière se leva aussi lentement que la première fois. Sans savoir pourquoi, il s'y attendait et ne fut donc pas surpris. De toute façon, sa vitesse était réduite à cause de l'état de la chaussée. Le bureau de perception fut franchi sans encombre et disparut du rétroviseur.

Il pénétrait désormais dans l'inconnu avec pour compagnon un ordinateur sorti de sa torpeur. Depuis l'achat de cette voiture, à la pointe du progrès, il avait supprimé les cartes routières en papier pour se fier aux indications de la machine dont la mémoire était chargée d'un atlas géographique. Elle lui indiquait sa position à chaque instant sur l'écran tactile. À quoi bon dès lors conserver de vieux documents, rarement à jour, lorsqu'il suffisait de manipuler un bouton pour disposer d'un plan précis, à une échelle réglable à volonté, qui signalait aussi les accidents, les voies coupées, les ralentissements et bien d'autres avatars du trafic. Pour les annonces verbales, le choix lui avait été offert entre une voix féminine et une voix masculine. La première avait eu sa préférence et il l'avait baptisée Alice, même s'il savait qu'elle n'était pas humaine, ou peut-être à cause de cela d'ailleurs. Cette technologie si sophistiquée avait facilement gagné sa confiance, mais il osait à peine avouer que plusieurs heures lui avaient été nécessaires pour en comprendre le fonctionnement.

Alice lui indiquait de prendre la première sortie au prochain rond-point, ce qu'il fit docilement, puis elle se tut. Charles devait ensuite suivre la route recouverte de neige représentée sur l'écran par le tracé d'une ligne blanche. Cette coïncidence, au sens propre, lui fit esquisser un sourire.

Il s'enfonçait en terra incognita.

Peu après, sans qu'il eût touché quoi que ce soit, l'écran de seize centimètres sur huit centimètres s'éteignit. Il avait pris une belle couleur ébène, aussi sombre que le monde extérieur était lumineux. Un point clair subsistait néanmoins en son centre, comme pour indiquer le milieu d'une cible. Sa compagne électronique s'était mise en grève sans préavis.

Il appuya sur des boutons et en tourna d'autres, sans résultat. Il eut beau répéter ces manipulations à plusieurs reprises, rien ne se produisait. Alice demeurait muette.

La situation le préoccupait, car il n'était jamais sorti de l'autoroute à l'échangeur qu'elle lui avait indiqué et il ne reconnaissait pas les lieux. Une carte routière devait bien avoir été oubliée au fond de la boîte à gant ou d'un vide-poches. Tout l'équipement du voyageur des temps anciens ne pouvait avoir été jeté, mais, pour explorer les recoins cachés de la voiture, encore fallait-il s'arrêter. Il rechercha aussitôt un emplacement sur le bas-côté suffisamment large et dégagé qu'il découvrit bientôt. Après avoir immobilisé la voiture et enclenché les feux de détresse, la fouille méthodique du vide-poches côté conducteur put commencer. Ne s'y trouvaient que quelques vieilles cassettes audio, un paquet de mouchoirs en papier et un constat amiable encore vierge, celui qui aurait dû être utilisé après l'accrochage avec l'autocar. Côté passager, les investigations ne furent pas plus heureuses. À l'exception d'une raclette à usage de grattoir destinée à retirer le givre collé aux vitres dont l'utilité était certaine, il découvrit seulement plusieurs boîtiers de cassettes audio vides encore imprégnés d'une forte odeur de tabac brun, une collection de vieux tickets de stationnement et un chiffon sale qui avait dû voyager de voiture en voiture. Les vide-poches arrière, trop petits, ne contenaient rien. Restait à explorer la boîte à gant dans laquelle étaient rangés une paire de moufles usées, un étui avec des lunettes de rechange, des factures payées, un kit de pansements d'urgence, deux stylos à bille dont un ne fonctionnait pas, une lampe torche sans piles, un lot de photographies froissées et cornées et une boîte d'ampoules électriques. L'encombrant guide « Michelin » périmé, gardé pour les adresses d'hôtel et de restaurants, ne servirait pas à grand-chose. Énervé, il referma la boîte en s'y reprenant à plusieurs fois.

Bon sang de bois, maugréa-t-il. Il devait bien rester quelque part un vieux plan de la région d'avant l'achat de cette merveille de la technologie, conservé à titre de relique d'une époque où l'on n'entreprenait pas un déplacement sans avoir griffonné un itinéraire à l'aide d'une carte gardée ensuite à portée de main. Il mesurait, un peu tard, tout l'avantage de l'antique méthode.

En désespoir de cause, il fouilla l'aumônière du dossier du siège passager, la plus accessible de sa place et, miracle, découvrit le précieux document, racorni, aux pliures déchirées, rapiécé par des morceaux de bande adhésive jaunie qui ne collaient plus depuis longtemps. Après avoir détaché sa ceinture de sécurité pour être plus à l'aise, il déplia délicatement la relique datant d'une quinzaine d'années au moins. Il devinait seulement la route sur laquelle il devait se trouver, car elle semblait dessinée à l'emplacement d'une déchirure. Il plia la carte en deux pour la caler plus commodément avec la petite bouteille d'eau entamée et l'installer en évidence sur le siège passager, boucla sa ceinture de sécurité, éteignit les feux de détresse, mit son clignotant gauche et rejoignit la chaussée glissante.

Il roulait prudemment dans une contrée qui ne lui était pas familière, lorsqu'il aperçut un clocher de village se détachant à l'horizon. Sur l'accotement de la route, un panneau, illisible sous son capuchon de neige, indiquait le nom de la bourgade. La perspective de la traversée d'un village oublié, sans nom, plein de mystères, s'annonçait et le fit frissonner.

Sitôt l'écriteau dépassé, le paysage changea du tout au tout. La neige avait disparu comme par enchantement et la route était sèche. Un soleil radieux inondait les quelques maisons bordant une place au centre de laquelle se dressait une chapelle romane dont l'unique cloche sonnait à toute volée. La tempête s'était arrêtée à la porte du village, refoulée par un bouclier invisible. Il ne faisait d'ailleurs pas spécialement froid au-dehors. L'indicateur de température extérieur du tableau de bord était repassé en positif et ne cessait de grimper rapidement : 0,5°, puis 2°, puis 5°, puis 8,5°, puis 10°. La progression s'arrêta à 14°.

Charles y regarda à deux fois. Comment était-ce possible ? Il circulait sur une route gelée et Alice lui avait confirmé à plusieurs reprises qu'il faisait au moins trois degrés au-dessous de zéro à l'extérieur. Pourtant, d'un seul coup, comme s'il avait été propulsé dans un autre lieu, et peut-être aussi dans une autre époque, il se retrouvait entre deux saisons. Il faisait trop frais pour être en été et trop chaud pour être en hiver. L'arbre de la Liberté planté dans un coin de l'esplanade ne savait pas trop lui-même s'il devait rester prostré dans une douce léthargie ou bourgeonner. Le village se situait entre son passé et son futur, coincé dans un improbable présent.

Le centre de la place vers lequel il se dirigeait était le théâtre d'une joyeuse animation. Des enfants s'y amusaient en plein air ce lundi matin quand ils auraient dû être occupés à user leur fonds de culottes sur les bancs de l'école communale dans un ennui mortel. Sur le petit parking vide collé au presbytère, des fillettes criaient en jouant à la marelle et à la corde à sauter. Les garçonnets pas plus hauts que trois pommes couraient dans tous les sens pour frapper un ballon qui avait déjà bien roulé sa bosse à en croire les stigmates qu'il portait. Les filles dédaignaient ce jeu et n'avaient visiblement aucune envie d'y participer. La maîtresse d'école devait être malade et les bambins avaient profité de cette aubaine. Ils auraient pourtant dû se dépenser sous le préau de l'école au lieu d'être sur la place du village.

Alors qu'il s'interrogeait, un cortège de voitures bruyantes arriva et chassa les enfants pour se ranger sur leur aire de jeu improvisée. Leurs occupants avaient revêtu les vêtements des grandes occasions. Les messieurs portaient des habits de carême identiques dont la coupe classique, mais démodée, susciterait certainement aujourd'hui quelques moqueries. Utilisés dans de trop rares moments, ces costumes dégageaient une forte odeur de naphtaline. Les dames avaient enfilé des robes aux couleurs passées, taillées dans le même patron de couture vieillot. Seuls les chapeaux paraissaient différents, mais ce n'était qu'un effet de la vive lumière qui baignait l'endroit. Cette petite troupe uniforme s'extirpait de voitures toutes du même modèle, jusqu'à la couleur, sans laisser paraître la moindre émotion, ni joie ni peine. Les enfants abandonnèrent palets, cordes et ballon à qui voulait les prendre et rejoignirent docilement les adultes pour se diriger en une procession bien ordonnée et recueillie vers l'entrée de la chapelle.

Quel événement allait-il se dérouler ?

Charles pariait pour un enterrement.

Il ne résista pas à la curiosité et s'arrêta pour regarder. Il était de toute façon déjà bien en retard ; une heure de plus ou de moins n'y changerait pas grand-chose.

Les secondes, puis les minutes s'écoulèrent sans que rien ne se passe. La cloche continuait de sonner pour appeler les retardataires. Un petit bouledogue se présenta sur le perron de la chapelle et s'assit sur la première marche comme une sentinelle. Quelques instants plus tard, une magnifique De Dion-Bouton de l'entre-deux-guerres aux couleurs vives se présenta, conduite avec dextérité par un chauffeur en livrée d'époque, avec casquette et gants blancs. Un jeune homme dans un élégant costume occupait une place arrière. Il était visiblement en compagnie de ses parents. Aussitôt après, arriva une aristocratique Delage d'où sortit une mariée dans une robe blanche rehaussée de fleurs.

Il s'agissait donc d'un mariage. Un lundi matin. La chose ne manquait pas d'originalité.

Le marié pénétrait dans la chapelle au bras de sa mère suivi de la mariée et de son père, sous l'œil attentif du bouledogue. La tradition était respectée. Les portes de l'église se refermèrent, la cloche cessa de sonner et le silence envahit la place.

Quel curieux mariage, pensa-t-il.

Il fut tiré de ses réflexions par une fillette qui frappait à sa portière. Après avoir sursauté, il manœuvra le commutateur électrique commandant l'ouverture de la fenêtre et l'enfant au regard vide lui demanda d'une voix monocorde :

— Pourquoi tu n'es pas à l'église ?

— Je ne suis pas invité, répondit-il.

— Ah bon, s'exclama-t-elle, surprise, avant d'ajouter : mais tout le monde va à l'église aujourd'hui, oui, tout le monde va à l'église, répéta-t-elle plusieurs fois.

Visiblement troublée par la réponse, elle s'en alla et il la vit se diriger vers la chapelle suivie d'un œil attentif par le bouledogue. La porte se referma avec un claquement sec, presque effrayant.

Décidément, il s'agissait d'un bien curieux mariage. Hormis le petit chien, la place était vide. La boulangerie, l'épicerie et le café-bar-tabac-PMU avaient leurs rideaux de fer baissés et les maisons étaient abandonnées. Aucune fumée ne s'échappait des cheminées. Il était seul au centre d'un fascinant désert rural et n'aurait su dire combien de temps il était resté là à contempler ce tableau.

La sonnerie de la cloche annonçant la fin de l'office le tira de son état contemplatif. Les portes s'ouvrirent, la famille, puis les témoins reconnaissables à leurs tenues de pingouins, et enfin toute l'assistance sortit, silencieusement. Même les enfants étaient sages. Ils ne cherchèrent pas à reprendre leurs jeux. Tous avaient pris leurs places et se tenaient immobiles, sans parler, sans prendre de photographies, sans rien faire, attendant les jeunes mariés qui apparurent dans l'encadrement de la porte envahie par la lumière toujours crue d'un soleil aveuglant. Visiblement tout à leur bonheur, les élus du jour fendirent la foule impassible. Le contraste était saisissant.

La mariée leva enfin son voile et il vit son visage qu'il reconnut aussitôt en étouffant un cri d'effroi. C'était celui de la jeune épousée allongée, morte sur l'autoroute une heure plus tôt. On n'était pas lundi matin, mais dimanche. Il s'était retrouvé la veille, sans savoir ni comment ni pourquoi. Tout s'expliquait : le temps presque printanier ou automnal, les enfants jouant sur la place du village et même le caractère mortuaire de la cérémonie. Les mariés ignoraient qu'ils étaient également les acteurs de leur propre enterrement, et nul ne pouvait le leur dire.

Il voulut sortir de la voiture pour les avertir, mais les portières étaient bloquées. Il tira le loquet de la serrure avec une farouche énergie pour forcer son ouverture, mais il s'obstinait à rester coincé. Il voulut descendre la vitre de la fenêtre pour crier, les prévenir de rester là où ils étaient, de ne pas monter dans cette deux-chevaux décapotable couverte de fleurs qui les attendait, de retarder leur départ, mais la commande électrique s'était aussi bloquée. Il voulut hurler, mais aucun son ne sortit de sa bouche. Alors, il pria, lui qui ne priait jamais, pour que le bouledogue surgisse et vienne mordre le marié, et même la mariée.

En vain. Livide, il vit la Faucheuse, assise sur le perron, occupée à aiguiser sa faux tout en guettant les jeunes mariés pour ne pas rater leur départ. Elle avait reçu l'instruction d'aller à leur rencontre. Elle serait prête ; elle l'était toujours. Des gerbes d'étincelles jaillissaient du mouvement de va-et-vient du métal frotté sur la pierre rugueuse. On aurait presque pu croire à un feu d'artifice tiré pour rehausser l'éclat des noces, mais l'horreur du spectacle était bien réelle. Elle s'interrompit en apercevant Charles et porta sur lui un regard appuyé tout en souriant. C'était plus qu'il n'en pouvait supporter et il eut un étourdissement.

Chapitre 13 – La destinée

Sans savoir s'il était éveillé, Charles se vit s'observer lui-même et dévisager les invités au mariage. Il fut tiré de cet état contemplatif lorsqu'il aperçut le marié ouvrir la portière en tôle ondulée de la voiture à sa jeune femme et l'accompagner dans son entreprise d'installation. Empêtrée dans sa robe, elle prit place tant bien que mal dans un siège au confort relatif, mais sans y attacher la moindre importance. Il réussit à refermer la portière en dépit de son obstination à vouloir rester ouverte. Il était vivement conseillé de la tenir. Il fallut ensuite de l'agilité au jeune époux pour se glisser sur le siège conducteur, ce qui, une fois fait, rééquilibra l'engin réputé pour l'impressionnante amplitude des mouvements de ses suspensions.

Le haut-de-forme tomba sur le siège arrière tandis que le voile relevé de la mariée flottait au vent.

Ainsi prêt, l'heureux équipage chercha à rejoindre le fil de sa nouvelle vie. Il fallut forcer sur le démarreur qui grinça et couina à plusieurs reprises, mais il finit par entraîner le moteur. La vénérable deux-chevaux vibra de toutes ses tôles dans un drôle de bruit et la portière côté passagère, mal tenue, s'ouvrit. On vit Sarah, car elle se prénommait ainsi, se pencher au risque de chuter, pour rattraper l'embrasse servant de poignée. Bertrand, son mari, la saisit de justesse par sa robe avant qu'elle ne tombe. Il n'y avait pas de ceintures de sécurité dans cette antiquité. Ils rirent de bon cœur de ce petit incident qui aurait pu mal se terminer et assombrir cette belle journée. La seule victime était la robe qui s'était déchirée, laissant deviner des dessous. Sarah rougit. Bertrand fit celui qui n'avait rien vu.

Les témoins, la famille et les amis étaient toujours aussi impassibles. Aucun n'avait réagi. Immobiles, dans la posture des Moai, ils attendaient le départ du couple. Ni Sarah ni Bertrand ne s'étonnaient. Ils se comportaient comme s'ils venaient d'être congratulés et adressaient de joyeux au revoir, après avoir bricolé un système de fermeture de fortune de la portière rebelle avec un bout de ficelle trouvé par hasard.

Dans le grincement d'un embrayage fatigué, Bertrand passa la première vitesse et la voiture fit un bond en avant, un seul, car le moteur cala. La Faucheuse, toujours occupée à affûter son outil de travail, leva aussitôt la tête. Elle était inquiète, car, tout d'un coup, des enfants riaient, criaient, couraient et cherchaient le ballon en tournicotant autour du carrosse des mariés, ravis. L'incident n'était pas prévu et pouvait compromettre l'avenir déjà écrit dans le livre du destin. L'heure était grave. La voiture allait-elle pouvoir repartir ? Elle devait faire quelque chose, mais elle avait été prise au dépourvu.

Prenant l'initiative, quelques adultes restés de marbre jusqu'à cet instant sortirent de leur torpeur pour se précipiter vers la voiture et s'assurer que l'incident n'était dû qu'à la maladresse de Bertrand. Ils devenaient bien involontairement les complices de Thanatos. S'improvisant mécaniciens, ils vérifièrent d'abord le bon fonctionnement de la boîte de vitesse, sans se préoccuper des mariés qui ne s'apercevaient pas de ce petit manège. Ceux-ci cherchaient seulement à écarter les fillettes voulant arracher quelques morceaux de la robe de Sarah pour leurs futures noces, tant elles rêvaient d'un aussi beau mariage. Il y eut de grands éclats de rire, et aussi des pleurs, car des garçonnets s'étaient blessés en se disputant le ballon.

La Faucheuse, plus inquiète que jamais, s'était levée pour observer la scène, mais elle ne voyait rien, car les enfants jetaient des tonnes de confettis sur les mariés pour les fêter. Son plan était compromis si la voiture ne pouvait repartir. Pourquoi ces jeunes mariés n'avaient-ils pas choisi une voiture moderne avec climatiseur et boîte de vitesse automatique ? Elle était tombée sur des originaux ou, pire, des nostalgiques vivant dans un passé révolu, quand elle était leur seul avenir.

Les mécaniciens de circonstance, toujours à leur affaire, cherchaient à savoir pourquoi le moteur avait calé et comment le faire repartir. Les enfants s'étaient déchaînés et les adultes qui n'étaient pas occupés à des tâches mécaniques se déridaient, exhibant des appareils photographiques et des caméras. Même leurs costumes paraissaient plus joyeux, comme les robes des dames bougeant dans un air de fête naissante.

La Faucheuse transpirait maintenant. Le petit bouledogue, toujours assis sur la première marche du perron de la chapelle, la regardait fixement d'un œil méchant tout en commençant à grogner, comme s'il l'avait reconnue. C'est que les animaux sentent la mort. Elle savait qu'elle n'était pas la bienvenue, mais s'en moquait. Qu'importait si elle était chassée, elle reviendrait, tôt ou tard, et aurait le dernier mot. Personne ne l'avait jamais vaincue et elle ne croyait pas qu'il pût en être autrement. Elle préférait cependant accomplir son œuvre au temps qu'elle avait prévu, car elle avait fort à faire ailleurs. Et puis, lorsque ses plans étaient contrariés, elle devenait méchante. Au lieu de trancher d'un coup dans le vif, elle faisait souffrir, parfois longtemps. Une contrepartie au sursis, au vol d'une vie qui ne devait plus être vécue.

Le hoquet du moteur qui redémarrait mit fin à ses inquiétudes. Les confettis disparurent et les enfants cessèrent aussitôt leurs jeux pour rejoindre les adultes dont le groupe impassible s'était reformé, sans que ni Sarah ni Bertrand ne le remarquent. Ils pouvaient partir en voyage de noces et c'était tout ce qui leur importait.

Tremblant de tous ses rivets usagés et mal ajustés, la deux-chevaux démarra à nouveau et ne cala pas. La Faucheuse, rassurée, se rassit tranquillement pour reprendre son ouvrage. Le petit bouledogue se désintéressa d'elle. Sarah et Bertrand adressaient à nouveau de grands signes d'au revoir à la foule des invités, sans recevoir de réponse. Ils ne savaient pas qu'ils faisaient des adieux, tandis que Charles n'ignorait pas que la mort leur avait donné rendez-vous le lendemain de leur nuit de noces.

Il voulut modifier ce tragique destin. Il devait y avoir un moyen. Il ne pouvait pas ne pas y avoir un moyen, répétait-il pour se convaincre lui-même, tout en réfléchissant à toute allure pendant que la deux-chevaux s'éloignait.

Sarah et Bertrand pensaient à leur voyage en Italie. Ils n'étaient jamais allés qu'à Florence et Sarah se souvenait que Bertrand lui avait offert à la tombée du jour sur le Ponte Vechio encore envahi par une foule de badauds un brillant acheté quelques instants auparavant dans l'une des bijouteries installées sur le pont. On leur avait dit de visiter San Gimignano, la New York de la Renaissance, même s'il ne restait que quatorze des soixante-douze tours de l'époque médiévale. En visitant le passé, ils verraient ainsi l'avenir sans se douter qu'il ne serait pourtant pas le leur. Leur avion décollait le lendemain. Ils avaient donc le temps de rejoindre leur hôtel près de l'aéroport. Ils n'avaient pas voulu participer à un banquet suivi d'une soirée et n'avaient consenti à la cérémonie religieuse qu'afin de ne pas heurter les croyances familiales qu'ils ne partageaient pas. Ils étaient donc libres.

Si Charles provoquait un accident, les mariés ne pourraient se trouver le lendemain matin au terrible rendez-vous. Il contrarierait le destin et détournerait la Faucheuse de ces deux jeunes vies qui verraient San Gimignano plus tard. Il démarra en trombe pour rejoindre la deux-chevaux qui n'était pas encore allée bien loin, mais au moment de la percuter, sans en comprendre la raison, il perdit le contrôle de sa voiture qui finit sa course dans le bas-côté. Sarah et Bertrand n'avaient rien remarqué et poursuivaient leur route. Sarah s'était blottie sur l'épaule de son époux qui devait résister pour se concentrer sur la route.

Impuissant, Charles regarda la deux-chevaux disparaître.

Tout alla très vite, rien ni personne ne pouvant plus arrêter le cours des événements. Charles les vit arriver tôt dans la soirée à leur hôtel et s'apercevoir avoir oublié leurs valises contenant leurs effets. Ils ne le savaient pas, mais, là où ils allaient, ils n'auraient pas besoin de bagages. Ils ne dînèrent pas et s'ils ne vécurent qu'une nuit, elle avait valu à elle seule les nuits de toute une vie. Encore dans un demi-sommeil, ils avaient renfilé leurs vêtements de noce, les seuls qu'ils avaient, oubliant sur le lit défait cravate et dentelle. Sarah avait avalé son thé brûlant et Bertrand un américano en prévision des minuscules espressos italiens. Tous deux avaient dévoré quelques croissants et Bertrand, la bouche encore pleine, prit le volant en direction de l'aéroport dans le matin froid et humide de ce lundi du début du mois de novembre, à l'heure où il ne fait pas encore tout à fait jour et plus tout à fait nuit.

Et puis, l'enfer, une voiture surgie de nulle part qu'il ne put éviter. Sarah se réveillait pour se fracasser la tête sur le pare-brise. Bertrand devait s'en rendre compte et nul ne sut s'il était mort de chagrin ou le cœur percé par ce petit morceau de métal ressemblant à une balle perdue.

On était lundi matin.

Chapitre 14 – L'attaque des corbeaux

Émergeant péniblement de son étourdissement, Charles entendit dans le lointain la voix impersonnelle d'Alice qui reprenait partiellement son travail et répétait :

— Vous n'êtes pas sur une route digitalisée. Vous n'êtes pas sur une route digitalisée.

Où suis-je, demanda-t-il en se redressant sur son siège ?

Pour toute réponse, Alice dit une énième fois :

— Vous n'êtes pas sur une route digitalisée.

Il lui fallut un certain temps avant de se rappeler qu'il était dans sa voiture en route pour son travail. Mais comment se faisait-il qu'il ne fût pas sur l'autoroute ?

Ah oui, s'exclama-t-il, je l'ai quittée sur les conseils d'Alice. Comme elle continuait de se répéter à la manière d'un diamant parcourant le sillon d'un vinyle rayé, il éteignit l'ordinateur de bord. Dans le silence retrouvé, le souvenir d'événements lui revenait, sans qu'il soit totalement certain de leur réalité. À peine une demi-heure auparavant, il avait traversé un curieux village dans lequel un jeune couple s'était marié, celui qui était mort dans le carambolage dont il avait été le témoin impuissant. De cela au moins, il n'avait aucun doute.

Même si Alice n'avait pas manqué de le lui dire, il se rendit compte seulement maintenant qu'il n'était plus sur une route principale, mais quelques dizaines de mètres après le carrefour d'accès à un chemin vicinal enneigé. Il s'y était engagé par hasard au moment où il avait perdu connaissance et avait été heureusement arrêté par la congère faite de neige fraîche dans laquelle l'avant de la voiture s'était encastré. Il n'y avait apparemment pas de dégât. La carte dépliée sur le siège passager lui rappela que l'écran de l'ordinateur de bord était en panne. Il faudrait donc procéder à l'ancienne en commençant par une marche arrière pour se retrouver dans la bonne direction.

Il fut rassuré en entendant le hoquet du moteur dès le premier quart de tour qu'il fit faire à la clé de contact. Il enclencha le levier de vitesse, mit le bras droit sur le dessus du siège passager, tourna la tête, embraya et appuya sur la pédale d'accélérateur. Les roues patinèrent un peu avant que la voiture ne bouge, mais il n'eut pas de difficulté à rejoindre la route nationale. Il se retrouvait à la sortie du village à hauteur du panneau indicateur surmonté aussi d'un imposant monticule de neige cachant son inscription.

Il regarda à travers la lunette arrière, sans apercevoir la place animée qu'il avait traversée. Il y avait un hameau qu'il ne reconnut pas où l'on distinguait un clocher visiblement délabré, en partie effondré et privé de sa cloche. La chapelle ouverte aux intempéries n'était plus le refuge de personne, sauf des courants d'air. Quelques masures éventrées par d'anciens bombardements demeuraient debout. On se demandait bien pourquoi. Il était impossible qu'un mariage eût été célébré dans ce lieu sinistre laissé à l'abandon depuis que les canons de la Grande Guerre s'étaient tus. Ce bourg en ruine, comme tant d'autres dans la région, était maudit. Il était hanté par ses habitants, tués lors des combats, qui resteraient à jamais de vigilantes sentinelles comme l'étaient les poilus aperçus quelques heures plus tôt sur la ligne de front. La puissance de l'imagination de Charles l'avait fait surgir du passé pour servir de décor l'espace d'une célébration de noces avant de retourner dans l'oubli aussitôt après. Quant à Sarah et Bertrand, ils étaient morts, tandis que lui était toujours en vie, quoique très provisoirement. Finalement, pensa-t-il, ce jeune couple avait eu de la chance. Il ne connaîtrait jamais le malheur, ne se déchirerait jamais et n'aurait jamais peur du lendemain. Ils s'étaient rencontrés et aimés. Que leur importait désormais le temps qui passait.

Lui devait songer à reprendre la route, car son voyage n'était pas terminé. Alice lui tiendrait compagnie. Il ralluma l'ordinateur de bord, mais l'écran demeurait hors service.

— Alors, demanda-t-il à Alice, où suis-je ?

Il ne s'attendait pas à une réponse puisqu'elle n'était pas programmée pour entretenir la conversation. Quelle ne fut donc pas sa surprise lorsqu'il entendit sa voix, forte de son assurance coutumière :

— Vous n'êtes pas sur une route digitalisée.

Mais Alice n'engageait pas la conversation. Elle lui donnait seulement une indication résultant de la géolocalisation de la voiture. Il était à la sortie du lieu-dit inconnu qui ne figurait pas sur la carte retrouvée. Il devait être sur la route nationale longeant l'autoroute qu'il allait pouvoir rejoindre, car, ainsi qu'Alice devait le lui dire :

— Rejoignez l'itinéraire programmé.

Plus facile à dire qu'à faire lui répondit-il, avec un soupçon d'agacement dont elle se fichait éperdument. Sans indication précise, il roulait en aveugle, sur une chaussée toujours glissante. Même si la tempête de neige s'était arrêtée, le plafond restait assez bas. Heureusement, il n'y avait pas de circulation et sa voiture fonctionnait maintenant à merveille.

Il n'était toutefois qu'à moitié rassuré et en vint à douter être sur la nationale alors qu'un instant auparavant il était persuadé avoir repéré son tracé sur le plan retrouvé par chance. La configuration environnante des lieux, par endroits dissimulée sous une épaisse capote de flocons, ne lui était pas familière. Les champs avoisinants étaient en jachère et toute vie semblait avoir quitté les lieux. Perdu, Charles était aux aguets. Quelque chose allait se passer. Il en était persuadé, mais quoi et quand ?

Une nuée de corbeaux surgie de nulle part se mit soudain en travers de son chemin. Leurs croassements sinistres brisant le silence lui firent lâcher le volant pour porter ses mains à ses oreilles dans un réflexe naturel. Il relâcha par la même occasion l'accélérateur tout en écrasant les pédales de frein et d'embrayage. La voiture s'arrêta. Ces horribles charognards étaient satisfaits. Ils avaient immobilisé l'intrus et le défiaient. Les plus audacieux, une douzaine environ, se posèrent sur les capots avant et arrière et marchèrent lentement en écartant leurs ailes pour marquer leur victoire et impressionner leur ennemi. Deux d'entre eux, plus hardis, s'approchèrent du pare-brise, regardèrent à l'intérieur de l'habitacle en dodelinant de la tête, puis se mirent à le frapper de leur bec avec le but évident de briser le verre. D'autres suivirent l'exemple et, bientôt, tous cherchèrent à casser les vitres.

Pour les effrayer, Charles se mit à klaxonner en appuyant de toutes ses forces de façon répétée sur la commande de l'avertisseur située au centre du volant. Le bruit produisit l'effet recherché et les volatiles croassant de rage s'égaillèrent de façon désordonnée, mais sans aller bien loin. Ils volèrent à peu de distance et observèrent l'envahisseur, toujours immobile. Certains s'enhardirent et revinrent bien vite à la charge. L'avertisseur à nouveau sollicité fut encore efficace et l'attaque repoussée, mais quelques intrépides approchèrent à nouveau et se rendirent compte que, malgré le bruit, rien ne se produisait. Les plus timorés finirent par suivre le mouvement. Le répit avait été de courte durée.

Charles devait quitter rapidement cet endroit où il n'était pas le bienvenu, mais la nuée de volatiles aux ailes déployées, comme par un fait exprès, formait un rideau opaque. La visibilité était devenue nulle. Puisque le son strident du klaxon avait perdu toute efficacité, le balayage des essuie-glaces pourrait affoler ses agresseurs, peut-être même les faire fuir. Un premier mouvement les gêna dans leur entreprise. Par prudence, ils reculèrent en repliant leurs ailes. La poursuite de l'offensive se heurtait désormais au va-et-vient des essuie-glaces. Les oiseaux se mirent à étudier cette oscillation, tels des spectateurs d'une partie de tennis suivant du regard un échange. Les assaillants allaient vraisemblablement s'en prendre à cet appareil pour le neutraliser et reprendre leur attaque. Afin d'éviter qu'il soit inutilement endommagé, l'assiégé prit la décision d'en arrêter la marche lorsqu'il reviendrait près du rebord protecteur du capot. Mais, dès que cela serait fait, le face à face qui s'en suivrait risquait de tourner à l'avantage des attaquants, maîtres du capot. Il devait donc profiter du repli, très temporaire, de ses agresseurs en saisissant l'occasion de la faible visibilité retrouvée.

Puisque le moteur n'avait pas calé, il embraya et appuya sur l'accélérateur avec prudence – car la route restait gelée – et démarra, ce qui étonna les quelques corbeaux toujours debout sur le capot avant et leur fit perdre l'équilibre. Leur proie allait-elle leur échapper? Ils s'envolèrent. L'horizon s'était dégagé, mais la nuée se reforma sur le coffre arrière et s'attaqua à la lunette dépourvue de toute défense. Les assaillants redoublèrent d'ardeur et le déplacement de la voiture n'y changea rien. Les corbeaux avaient cependant oublié un détail. Les fils de dégivrage incorporés dans l'épaisseur de la vitre la rendaient très résistante, pratiquement impossible à briser avec des coups de bec. Ils n'y parvinrent pas.

Les corbeaux étaient sur le point d'abandonner la partie lorsque quelques milans royaux vinrent grossir leur rang. Ce renfort inattendu redonna confiance aux assaillants de la première heure qui redoublèrent d'ardeur, multipliant les coups de bec sur le pare-brise avant, pris de nouveau pour cible.

Un minuscule trou se forma dans le coin supérieur droit, un autre au milieu dans le champ de vision du conducteur, un troisième juste en dessous du rétroviseur central, mais la vitre ne céda pas ; elle se fissura localement. La partie semblait acquise aux oiseaux qui n'avaient plus qu'à porter l'estocade.

Mais ils hésitèrent. Puis, semblant obéir à un ordre supérieur, ils s'immobilisèrent, les ailes repliées, sur les capots avant et arrière et, au bruit perçu, également sur le toit. Ils s'étaient tus. Qu'attendaient-ils ? Charles l'ignorait et cela lui importait peu dès lors qu'il pouvait mettre à profit cette opportunité en accélérant l'allure. Il remarquait cependant que ses agresseurs redoutaient quelque chose, car ils scrutaient le ciel alentour, tête baissée, pour se protéger.

Trois faucons fondirent sur les charognards aux ailes repliées, un sur la lunette arrière, l'autre sur le toit et le troisième sur le capot avant. L'attaque fut rapide, efficace et impitoyable, dans la tradition de l'escadrille des Cigognes. Les milans royaux furent les premiers à s'enfuir sans demander leur reste. Les corbeaux les suivirent de peu, mais deux ou trois voulurent engager le combat, question d'honneur. Ils y perdirent plus d'une plume. Vainqueurs, les faucons examinèrent distraitement celui qu'ils avaient sauvé et qui restait incrédule. Comme dans les westerns produits à la chaîne par Hollywood, il avait été la diligence attaquée par les Indiens et sauvé par l'arrivée opportune de la cavalerie. Il était ensuite escorté par les faucons pendant quelque temps, avant que ceux-ci ne disparaissent comme ils étaient venus, soudainement. Ni les corbeaux ni les milans royaux ne réapparurent.

Charles, hébété, ne comprenait toujours pas ce qui s'était passé. Les oiseaux n'assaillent pas les humains. Quelque chose de très particulier avait dû se produire pour que cette douzaine d'horribles volatiles se déchaîne à ce point. Et puis, on n'avait jamais vu des faucons s'attaquer de cette façon à d'autres oiseaux pour la défense d'un homme.

Les stigmates de la voiture témoignaient pourtant de l'attaque. Le pare-brise était constellé de petits éclats laissés par les redoutables coups de bec, percé de trois petits trous et fissuré par endroits. La carrosserie ne semblait pas avoir trop souffert, mais tant qu'il était à l'intérieur de l'habitacle, il ne pourrait en juger.

Personne ne croirait une aventure aussi invraisemblable. Il aurait beau exhiber sa voiture couverte de plaies et de bosses, il ne convaincrait jamais qu'il s'agissait du résultat d'une attaque d'oiseaux. On rirait même de cette version romancée pour expliquer qu'il était resté trop près d'un camion transportant des gravillons ayant perdu son chargement et dont la projection avait mitraillé la carrosserie et le pare-brise. Il objecterait que la vitre arrière avait été elle aussi l'objet des coups des corbeaux et des milans royaux. On lui répondrait qu'elle avait été caillassée par des voyous qui s'en prenaient aux voitures de luxe et non par des volatiles devenus déments par Dieu sait quelle opération du Saint-Esprit. Il n'aurait rien à répondre à cela.

Chapitre 15 – L'invitation

Tandis qu'il était encore sous le choc de l'agression, Alice lui annonça, sans qu'il s'y attende, de la seule voix qu'elle se connaissait :

– Vous n'êtes pas sur une route digitalisée.

Il était pourtant persuadé du contraire, mais ses informations n'étaient pas toujours fiables. Alice se trompait parfois, ce qui n'était généralement pas gênant, car la position de la voiture pouvait toujours être vérifiée sur l'écran de l'ordinateur de bord. Celui-ci étant hors service, il n'avait aucun moyen de s'assurer de sa localisation puisque la carte routière dépliée sur le siège passager ne lui servait à rien.

L'idée d'être un peu perdu l'excitait même s'il en concevait de l'appréhension. Il ne jouerait pourtant pas à l'explorateur dans des territoires vierges, pleins de dangers. Il demeurerait dans la Marne, à la lisière de la Champagne, sur une route bien comme il faut, dans une voiture confortable, à l'abri des intempéries et surtout des horribles corbeaux qui l'avaient fait frémir. Il retrouverait vite l'autoroute en suivant les indications des panneaux qu'il ne manquerait pas de croiser et il avait aussi la ressource de téléphoner. Il allait vivre une aventure civilisée d'une demi-heure au plus, ce qui convenait à son tempérament d'homme de cabinet.

Il se dirigeait donc en confiance droit devant lui. Le temps s'était radouci et le manteau neigeux s'amincissait sous l'effet d'une fine pluie qui tombait depuis quelques minutes, lui permettant enfin d'accélérer. Sans prévenir, Alice devait encore ânonner sa phrase fétiche, ce qui l'agaça au plus haut point.

— Vous n'êtes pas sur une route digitalisée.

Il se demanda finalement si elle n'avait pas raison et s'il ne circulait pas sur un chemin imaginaire ne menant nulle part, ce qui expliquerait l'étrange panne de l'écran d'ordinateur.

Les bas-côtés se diluèrent bientôt dans les champs avoisinants dont les reliefs accidentés perdaient progressivement leurs aspérités. Les arbres étaient absorbés par leurs propres ombres, de même que les lignes électriques à haute tension. Seule la chaussée perdue au milieu de nulle part resta visible. Quelques éclairs déchiraient par moments un ciel bleu marine très profond maintenant vide de pluie. Les phares de la voiture s'allumèrent automatiquement, mais le double rai de lumière se perdit dans le lointain sans rien éclairer. Cette représentation sortie d'un roman gothique le fascinait et il progressait à la cadence d'un lancinant tempo montant en puissance, comme Maurice Ravel avait si bien su l'exprimer dans son Boléro qu'il n'aimait pourtant pas. Lorsqu'il réussit enfin à se libérer de l'envoûtement que ce spectacle exerçait sur lui, il voulut arrêter cette mélodie. Persuadé qu'elle était émise par la radio, il chercha à changer de station, sans y parvenir. Toutes les fonctions du poste, y compris la sélection des émetteurs et le réglage du volume, étaient bloquées.

Il interrogea Alice. Elle ne lui répondit évidemment pas.

Il voulut s'arrêter, mais ne réussit pas à désactiver le régulateur de vitesse, à nouveau coincé. Il ne pouvait ralentir, freiner ou accélérer. L'électronique de bord ne répondait à aucune instruction et Charles redouta que l'ordinateur n'ait encore pris le contrôle de la voiture afin de le conduire vers une destination connue de lui seul. Sa fascination initiale cédait la place à une anxiété. Il n'avait jamais eu l'intention de faire la visite du côté obscur, à la recherche d'une force mystérieuse donnant les clés de l'univers pour prix du courage.

Alice sortit de son mutisme et affirma d'une façon surprenante :

— La destination est proche.

— Quelle destination, demanda-t-il ?

Il n'eut pas de réponse, seulement une confirmation :

— La destination est proche.

Cette obstination à se répéter déconcerta encore davantage Charles. Il avait programmé comme but de son voyage une adresse à Reims, le 9 boulevard de la Paix, et il en était encore manifestement éloigné. Du reste, il ne discernait rien, ni devant, ni à droite, ni à gauche de la route à part une étendue plate, pleine de rien ou vide de tout. Alice parlait donc d'un autre lieu qu'il n'avait pas choisi. Était-ce l'ordinateur de bord qui avait pris cette initiative ? Il en doutait. Aussi sophistiqué que fût ce calculateur, il était un simple exécutant. Les ordres venaient d'ailleurs, d'en haut.

Comme pour confirmer cette supposition, la sonnerie du téléphone retentit. Se souvenant d'un certain appel, il hésita à prendre la communication. Il n'eut pas à le faire, car l'ordinateur le fit pour lui et, sans aucune présentation, une voix qu'il ne reconnut pas l'interpella :

— Comment as-tu trouvé la chorégraphie de mes corbeaux et milans royaux ? Ils sont attachants n'est-ce pas, et si intelligents. J'espère que tu les as appréciés. Mais au fait, sais-tu qui a demandé aux faucons de perturber leur ballet ?

Un ballet ! Voilà qui ne manquait pas d'impudence. Il avait été agressé et si ce n'était l'intervention providentielle des rapaces, il aurait pu être déchiqueté sous les coups de bec. Qui était le sadique qui avait dressé ces oiseaux pour l'attaque et trafiqué l'ordinateur de bord pour en prendre le contrôle à distance ?

Lisant dans ses pensées, la voix prit les devants :

— Tu as eu de la chance, n'est-ce pas. Mes oiseaux sont bien dressés et obéissants. Il est rare qu'ils soient mis en fuite. Enfin, puisque tu es là, entre.

Charles ne comprenait pas l'invitation et demanda :

— Où ?

La réponse fut énigmatique.

— Mais là, ici et ailleurs ! Alice ne t'a-t-elle pas prévenu de ton arrivée imminente ?

Charles ne comprenait toujours pas et le bref échange qui suivit ne l'éclaira pas davantage.

— Si, mais je ne vois rien.

— Allons, encore un peu de patience.

— De toute façon, je n'ai pas le choix n'est-ce pas ?

— Exact. Tu n'as pas d'alternative. Je t'attends. Et, crois-moi, tu ne seras pas déçu.

Il ne lui restait qu'à laisser les choses suivre leur cours et attendre puisque l'ordinateur, qui venait de couper la communication, se chargeait de tout. Il ne pouvait même pas se distraire en regardant le paysage, puisqu'il n'en existait pas. Au bout de quelques minutes passées dans un silence oppressant, un grand portail en fer forgé à deux battants se dessina sur l'horizon. Il paraissait bien insolite, car aucun mur ne le soutenait. Il était planté là, sans raison. À l'approche de la voiture qui ne ralentissait pas, les vantaux s'ouvrirent comme par magie sur une allée bordée de massifs tous plus étranges les uns que les autres. Le portail se referma aussitôt après le passage de la voiture, puis disparut, comme s'il n'avait jamais existé.

Commença alors une odyssée particulièrement déroutante.

La voiture roulait toujours sans être dirigée par son pilote à une vitesse indéterminable, lorsque deux hommes ayant un air de famille se détachèrent sur la gauche. Ils discutaient et ne semblaient pas surpris de l'apercevoir. Ces silhouettes en habit sur ce fond bleu toujours aussi profond étaient comme des clichés photographiques tirés à partir de plaques de verre qu'on utilisait au dix-neuvième siècle. Elles firent de grands signes pour l'accueillir tel un hôte de marque que l'on n'a pas vu depuis des lustres et dont on attend impatiemment le retour. Elles se perdirent dans le lointain au moment où apparaissait une maison de maître, imposante tel un manoir, à trois étages et à vingt, non vingt-cinq fenêtres au moins en façade. Un homme d'âge mûr, de belle prestance, cheveux grisonnants et fumant le cigare dont il pouvait sentir l'odeur se tenait sur le perron. La porte d'entrée à double battant s'ouvrait sur un vaste couloir au sol vénitien distribuant de part et d'autre des salons. Au bout du corridor, l'on apercevait un parc. Une partie de croquet battait son plein, perturbée par d'insolents gamins qui chipaient les arceaux au grand dam des joueurs. L'odeur d'un feu de bois se répandait aussi dans l'habitacle de la voiture et il se vit, en smoking, assis dans un fauteuil du salon d'apparat l'après-midi du mariage de l'une de ses sœurs, une flûte de champagne à la main attendant le début de la soirée.

Lorsque la porte se referma derrière lui, il était déjà au troisième étage, dans l'ambiance feutrée et enfumée de la salle de billard français où les vapeurs de cognac titillaient les narines et où les femmes venaient rarement. Lorsque la partie fut terminée sur sa victoire sans appel, il redescendit, sortit et l'imposante demeure disparut également dans le lointain.

Les accents d'opéra du Requiem de Verdi rythmaient désormais la progression de la voiture qui parvenait devant les grilles d'un cimetière aussi ancien que le monde. Elle parcourut au ralenti l'allée centrale en direction d'un caveau monumental. Une incroyable foule était présente. Charles les reconnut tous, même son aïeul Charles François Denis Demory qu'il n'avait vu sur aucun tableau, et tous ceux qui s'étaient assemblés pour l'accueillir le reconnurent, mais la voiture ne s'arrêta pas. Le cimetière s'effaça, tandis que sur sa droite surgissait une terrasse de café éclairée par un lampadaire solitaire où de jeunes hommes attablés devant des verres bien remplis lui adressaient également des signes. Quelques filles qu'il avait connues passaient en riant pour rejoindre la petite assemblée déjà bien occupée à défaire puis à refaire le monde tout en griffonnant sur le napperon en dentelle de papier des numéros de téléphone et des mots qu'on n'osait prononcer.

— Alors, lui dit la voix qui se passait désormais du téléphone, qu'en dis-tu ?

Avec un sanglot dans la voix, Charles répondit à son mystérieux hôte :

— Je ne comprends pas. Tous ces souvenirs… Cette impression de déjà vu, ce sentiment de revenir chez soi après une longue, trop longue absence.

— Veux-tu que je dise à Alice d'arrêter la voiture ?

Il était troublé. La terrasse de café s'estompait. Qu'allait-il voir surgir maintenant ?

— Je ne suis pas sûr, finit-il par rétorquer, juste avant d'ajouter d'un ton mal assuré : non, pas maintenant, pas tout de suite.

— À ton aise, mais réfléchis bien. Tu as encore quelques minutes pour te décider, pas beaucoup plus.

Charles discerna un bord de mer taillé au ciseau à bois dont les jets de copeaux formaient les puissantes vagues des grandes marées de l'Atlantique. Elles se brisaient dans d'impressionnantes gerbes d'écume sur la grève où se tenait un badaud, à la fois attiré et repoussé par le spectacle de ces éléments déchaînés. Il s'approcha. Le badaud se retourna lentement et il se vit.

Interdit, il n'esquissa pas le moindre geste, même au moment où la question lui fut à nouveau posée :

— Veux-tu que je dise à Alice d'arrêter la voiture ?

— Non, plus tard, dit-il d'une voix lasse en se regardant s'éloigner de lui-même.

— Si tu continues, tu vas sortir. Tu sais ce que tu vas retrouver dehors. Veux-tu vraiment revenir dans ce monde ?

Il regarda encore alentour et devant lui un nouveau portail se dessinait sur l'horizon et se rapprochait.

— Ainsi tu vas partir et retrouver l'extérieur, mais as-tu un avenir là-bas ? Allons, il est encore temps de t'arrêter. Arrête-toi ! Tout ce que tu désires est ici. Il n'y a rien de bon pour toi ailleurs.

Il hésita, et se rappelant soudain la perfidie légendaire des sbires de Méphistophélès, il se reprit et dit d'une voix assurée :

— Non. Rien de tout cela n'existe.

Les vantaux du portail s'ouvrirent et disparurent aussitôt qu'ils furent franchis, exactement comme ils étaient apparus et Alice, sortant de son mutisme, lui dit de rejoindre l'itinéraire programmé.

Ainsi s'achève l'histoire fantastique de l'homme à qui on avait offert la possibilité de vivre éternellement ses souvenirs, mais qui avait refusé, résuma l'animateur du programme de dix heures du lundi matin.

Charles avait écouté la radio après avoir finalement capté une émission. Il faillit faire une embardée en se rappelant qu'il conduisait, ce qu'il avait oublié tant il avait été captivé par un récit dont il s'était cru le héros.

Sans doute l'avait-il été. L'écran de l'ordinateur demeurait éteint.

Chapitre 16 – Le retour sur l'autoroute

Il avait coupé la radio pour se concentrer sur sa conduite, car l'échangeur permettant de rejoindre l'autoroute ne devait plus être loin maintenant et il s'agissait de ne pas le rater, même s'il n'y avait aucune raison pour cela. Le temps s'était éclairci et la route était dégagée. Quelques traînées blanchâtres subsistaient çà et là sur les accotements pour rappeler qu'il avait neigé. Il s'avisa qu'il lui fallait prévenir de son retard et qu'il ne pourrait arriver au mieux avant midi, la matinée étant déjà bien avancée. Le téléphone de voiture serait utile, pour une fois. L'ordinateur composa le numéro d'appel enregistré dans l'agenda électronique, mais sans résultat ; et pour cause, le voyant rouge du tableau de bord allumé indiquait une indisponibilité du réseau. Il devrait donc attendre.

Un panneau sur fond bleu se distinguait maintenant nettement pour signaler un accès à l'autoroute distant de quelques kilomètres. Cinq minutes suffirent pour les parcourir. À nouveau, il s'engageait sur la voie réservée tout en s'emparant de la commande rangée dans le vide-poches sous le volant, la présenta à la lecture de l'œil électronique, mais la barrière ne s'éleva pas. Il eut beau agiter son appareil dans tous les sens, rien n'y fit.

Allons bon, grommela-t-il, que se passe-t-il encore ? Il recula pour se représenter en veillant à orienter son badge dans l'axe de l'instrument de lecture, sans résultat. Il recommença la manœuvre, sans plus de succès. Naturellement, aucun préposé de la société d'exploitation de l'autoroute ne se manifestait. Il restait la ressource de la borne d'appel. Après avoir actionné le lève-vitre électrique, il appuya sur la touche. Aucune sonnerie ne retentit. Il recommença et attendit une réponse qui ne vint pas. L'accès à l'autoroute lui était refusé.

Il ne pouvait forcer le passage ni attendre indéfiniment l'arrivée d'un hypothétique agent d'entretien qui viendrait réparer l'automate.

Il se décida donc à faire demi-tour pour poursuivre son chemin en suivant la nationale lorsqu'une voiture se présenta au péage automatique et, à sa surprise, le franchit sans difficulté. Une seconde voiture acquittant le droit au moyen de pièces jetées dans la gueule en forme d'entonnoir de la machine passa également l'obstacle sans encombre.

Il fit donc à nouveau demi-tour, ce qui lui fit évidemment faire un tour complet, mais lorsqu'il fut devant la barrière, le dispositif mécanique refusa obstinément d'obéir aux impulsions électroniques. Son boîtier de commande devait être défectueux. Il fit marche arrière et s'engagea dans une autre voie réservée au paiement par carte, abaissa la vitre et introduisit le rectangle de plastique dans la fente de l'appareil qui la lui rendit aussitôt en affichant le message « carte muette ». Qu'à cela ne tienne, il en avait une seconde. Il répéta la manœuvre, mais la machine n'accepta pas de l'ingérer, sans en donner cette fois la raison. Pour comble de malchance, aucun employé n'était en vue.

Il lui fallut se résigner. L'accès à l'autoroute ne serait pas aisé. Il ne comprenait pas la raison pour laquelle aucun des moyens qu'il avait utilisés n'avait fonctionné. Sa télécommande était pourtant en bon état apparent et ses cartes bancaires en cours de validité.

Il chercha une explication en se repassant le film des événements.

Alice lui avait fait quitter l'autoroute, et maintenant il ne pouvait la rejoindre. Il est vrai qu'elle ne lui avait pas indiqué l'accès qu'il ne parvenait pas à prendre. Charles se souvint que le péage pris plus tôt était désert et qu'il n'y avait aucune trace de passage dans la neige. Il n'en avait lui-même laissé aucune. Et puis, à bien y réfléchir, il ne se rappelait pas l'existence d'une bretelle d'accès à cet endroit de l'autoroute qu'il connaissait si bien qu'il aurait pu la parcourir en conduisant les yeux fermés. Comment avait-il pu se retrouver sur une nationale ou départementale s'il n'existait pas d'échangeur ? Il en vint à se demander s'il avait réellement quitté l'autoroute pour suivre le conseil donné par Alice. Il était étrange que l'écran de l'ordinateur soit tombé en panne, que le téléphone ne lui permette pas d'appeler et que la carte routière retrouvée ne mentionne pas le village traversé, et encore moins la route sur laquelle il circulait. Mais il venait de voir deux voitures franchir le passage pour rejoindre la voie rapide. C'est donc qu'il n'y était pas. Tout cela était incompréhensible.

À moins que…, mais non, ce serait fantastique.

Et pourtant, c'était la seule explication logique, mais la logique avait été bien malmenée depuis son départ.

La sortie prise dans la matinée ne dépendait pas de la société des autoroutes de l'Est et était rarement visible, encore moins accessible. Il devait s'agir d'une espèce de porte du temps donnant sur le passé qu'il n'aurait jamais dû emprunter, car Alice avait commis une erreur dans son annonce. L'huissier s'était également rendu coupable d'une grave négligence en levant la barrière du péage. Tous deux seraient certainement réprimandés pour leur étourderie. L'incursion faite dans un passé proche lui avait montré ce qu'il ne devait pas voir. Plus grave encore, il avait cherché à contrarier la marche du destin. Nul ne devrait apprendre ce qu'il avait fortuitement découvert. L'agression des oiseaux avait eu pour but de l'empêcher de reprendre le cours de sa vie. L'attaque ayant échoué, un gardien zélé avait voulu l'embastiller en l'enchaînant à ses souvenirs et, maintenant qu'il était sur le point de s'échapper, la sortie était verrouillée. Les voitures qu'il avait vues franchir cet étrange péage conduisaient des gardiens du temps chargés de s'assurer que son cours n'avait pas été perturbé par son passage.

Aucun préposé n'était visible dans la guérite, mais il en devinait la présence. De nouvelles voitures, toutes du même modèle dans le style des célèbres black cabs londoniens, se présentèrent encore et franchirent le péage sans que cela leur pose le moindre problème, mais lorsqu'il essaya à nouveau de passer, la barrière demeura immobile.

Naturellement, le téléphone ne fonctionnait toujours pas faute de réseau. Là où il se trouvait, nul n'en avait besoin. Son hôte du parc n'en avait d'ailleurs pas usé la seconde fois où il s'était adressé à lui.

S'il ne pouvait franchir l'obstacle en voiture, peut-être pourrait-il l'enjamber, mais il devrait sortir sans savoir ce qui l'attendait dehors. Il décida de tenter l'aventure, quels qu'en soient les risques, tira le loquet de sa portière qui ne s'ouvrit pas et se fit mal. La même tentative du côté passager fut aussi un échec. Les portières arrière devaient également être verrouillées. Résigné, il ne chercha pas à les atteindre. Charles comprit qu'il était prisonnier, ce qui n'était pas dépourvu d'avantages, car à l'intérieur de sa cellule rien ne pouvait l'atteindre, ni le monde de ses souvenirs ni la Faucheuse. Il était dans une bulle, à l'abri des dangers extérieurs, mais cette situation débouchait sur une impasse, car il ne pouvait demeurer ainsi éternellement. Il en perdrait la raison.

Que faire ?

Demeurer sur place jusqu'à ce que le préposé baisse sa garde était une possibilité, mais l'attente pouvait être longue. Rebrousser chemin en direction du péage d'entrée en était une autre, avec l'espoir de ne pas rencontrer à nouveau les corbeaux et que le gardien soit toujours aussi distrait. Peut-être, ce commis voudrait-il aussi réparer son erreur afin d'échapper à une punition, en laissant Charles s'échapper, discrètement. Aucune de ces solutions n'était satisfaisante, mais il n'allait pas rester enfermé en attendant Dieu sait quel événement libérateur. Il devait y avoir un moyen de se sortir de cette terrifiante situation.

Fichtre, mais c'est bien sûr, laissa-t-il échapper comme un cri de victoire après plusieurs minutes d'une réflexion soutenue. Je peux passer ! La barrière ne s'ouvre pas parce que le péage n'existe pas pour moi. Je ne devrais pas le discerner et si je ne le voyais pas, il ne pourrait m'arrêter. Je dois faire comme si je ne l'apercevais pas.

Excité par cette révélation tel un joueur de poker persuadé d'avoir la meilleure main, il s'apprêta à tenter sa chance et remit le moteur en route.

Un instant avant de démarrer et de se précipiter sur l'ouvrage en béton, un horrible doute l'assaillit et il n'embraya pas. Forcer le passage comme il croyait pouvoir le faire signifiait un retour dans le monde des vivants où il rencontrerait dans un avenir proche la Faucheuse. C'était inévitable. Ne s'était-elle pas annoncée ? Une lutte s'engagerait et il n'y aurait pas de pitié. S'exfiltrer du lieu, aussi improbable soit-il, où Alice l'avait précipité le mènerait ainsi vers sa propre fin. Il ne pourrait repousser l'échéance bien longtemps, même avec l'aide qui lui avait déjà été apportée. Cela valait-il la peine s'il n'y avait rien après la mort comme il le croyait ? Revenir en arrière le ramènerait dans cet endroit de l'univers où l'attendait son passé. Il pourrait y vivre éternellement, car telle était la promesse qui lui avait été faite, mais seulement dans ce qui avait été. Il n'aurait aucun avenir. Tout était écrit. Ce serait le prix à payer pour ne pas mourir.

Jamais Charles n'avait été confronté à un tel dilemme : se battre pour écrire encore une page de sa vie, la dernière sans doute, ou s'abandonner à la contemplation de son passé pour l'éternité. L'option était effrayante.

Indécis pendant de longues minutes, il décida finalement d'affronter la mort. Tout en priant, sans d'ailleurs savoir exactement ni qui, ni pourquoi, il remit le moteur en route, démarra et se dirigea pour la cinquième fois vers le péage, sans se préoccuper de choisir une voie plutôt qu'une autre. Arrivé sur l'infrastructure avec la détermination d'un kamikaze, il ferma les yeux et se prépara à subir un choc violent, mais rien ne se produisît. Une seconde après, il rouvrit un œil, puis l'autre. Il était sur l'autoroute et Alice, sortant de sa réserve, dit :

— Suivez la route principale.

Chapitre 17 – Le convoi

Il se demandait s'il avait rêvé. S'était-il réellement aventuré dans le passé, sur un chemin de traverse, pour assister, impuissant, au drame d'une Sarah et d'un Bertrand ? La vénérable carte routière posée en évidence sur le siège passager était là pour lui rappeler qu'il avait vécu cette étonnante aventure dans ses moindres détails. Aussi incroyable que cela paraisse, tout était vrai.

La montre du tableau de bord affichait maintenant les trois quarts passés de dix heures. Alice avait repris le travail et lui faisait comprendre par l'indication de sa position sur la carte informatique qu'il avait seulement parcouru une quinzaine de kilomètres à la vitesse d'une tortue. Il avait aussi été arrêté plus longtemps qu'il ne l'avait cru sur le lieu de l'accident. La terrible scène l'avait bouleversé au-delà de ce qu'il avait pensé. L'image de ce jeune couple mort, allongé à même le sol, était encore si présente à son esprit qu'une envie de pleurer montait en lui tel un raz-de-marée. Avec difficulté, il parvint à la refouler, mais le trop-plein d'émotions accumulé depuis son départ se manifesta par un incontrôlable tremblement de ses mains.

L'écoute d'une Suite de Bach aurait comme toujours une vertu apaisante. Il brancha le lecteur de disques et la mélodie produisit l'effet recherché, lui rappelant par la même occasion qu'il était dans les convenances de prévenir d'un retard, surtout s'il était important. Le voyant rouge du téléphone s'étant éteint, la communication pouvait être obtenue. Une simple pression sur la commande au volant suffit pour composer le numéro de son correspondant. Après un bref silence, la sonnerie retentit plusieurs fois. On décrocha, ce qui était rassurant, mais son interlocuteur était un répondeur au message préenregistré :

— Toutes les lignes de votre correspondant sont occupées. Veuillez laisser votre message après le signal sonore. Il vous rappellera dès que possible. Vous pouvez parler après le signal sonore.

Il ne se fit pas prier et dit, juste après s'être éclairci la gorge :

— Bonjour cher ami. Je suis navré, mille fois navré. Je suis horriblement en retard à cause d'une tempête de neige et d'un accident très grave. Je ne serai pas là avant midi au moins, non plutôt midi et demi. Je...

La communication fut coupée avant qu'il ait pu achever sa phrase, sans doute à cause du relief accidenté qui perturbait le réseau. Il composa à nouveau le numéro de son correspondant et eut la surprise de s'entendre répondre par la voix artificielle de l'opérateur :

— Il n'y a pas d'abonné au numéro que vous avez demandé.

Comment ? S'exclama-t-il. Bien sûr que si, il y a un abonné. Après avoir vérifié le numéro, il le refit, mais la réponse fut la même. Fâché, il n'insista pas. Après tout, il avait prévenu de son retard. C'était l'essentiel. Son correspondant pourrait le rappeler si le message avait été enregistré. Encore fallait-il qu'il soit écouté, ce qui restait incertain.

Il s'agissait maintenant de ne plus perdre de temps, lui qui ne supportait pas d'être en retard, mais l'autoroute n'était pas complètement dégagée et la neige obstruait toujours une partie de la chaussée. La vitesse de soixante-dix kilomètres-heure ne pouvait être dépassée sans danger, rendant ainsi fort optimiste l'estimation d'heure d'arrivée. Ce serait plutôt treize heures, voire plus tard et, pour ne rien arranger, le temps se dégradait à nouveau avec l'apparition de bancs de brouillard. Un bref signal sonore au timbre de cymbale retentit pour indiquer une température extérieure ne dépassant pas trois degrés. Il se sentit alors tel un navigateur perdu dans l'océan qui jouerait de son klaxon en guise de corne de brume. Il lui restait Alice, ce qui ne le rassurait qu'à moitié, car il n'avait pas oublié qu'elle lui avait donné une fausse indication en lui annonçant plus tôt une route fermée. Mais il pourrait toujours vérifier avec les informations que l'écran afficherait et corriger les erreurs ou facéties de la machine.

Pendant quelques minutes, tout sembla redevenu normal. Il roulait sans rencontrer d'obstacles, comme il le faisait depuis des années. Il y avait cependant quelque chose d'inhabituel dans l'atmosphère, une impression d'être seul sur terre, en transit, et il avait faim. Levé à cinq heures, il avait seulement avalé un café noir accompagné de deux tartines grillées, pensant prendre un petit déjeuner plus copieux arrivé à destination, comme il le faisait toujours. Il allait devoir patienter, à moins qu'il ne restât quelques biscuits secs ou des carrés de chocolat oubliés dans l'un des vide-poches. Il chercha à tâtons, mais ne mit la main que sur sa réserve de morceaux de sucre. Deux furent avalés, pour patienter, et, la Suite de Bach étant achevée, il ralluma la radio qui diffusait une musique contemporaine qu'il ne supportait pas. Il la coupa aussitôt. La fin du trajet s'annonçait fastidieuse et l'envie d'arriver pour ranger cet éprouvant voyage dans une boîte à mauvais souvenirs se faisait fortement ressentir.

La destination ne serait cependant pas atteinte de sitôt, car une camionnette aux couleurs de la société de l'autoroute de l'Est apparut, gyrophares et feux de détresse allumés, avec à l'arrière un panneau lumineux en croix indiquant « attention bouchon dans deux kilomètres ». Le message n'était pas confirmé par l'ordinateur de bord, mais le système d'information du trafic en temps réel n'était pas d'une fiabilité absolue. Il dépassa le véhicule de signalisation presque à l'arrêt et commença à ralentir. Quelques centaines de mètres plus loin, des panneaux mobiles intimaient l'ordre aux usagers de se ranger sur la file de droite. Charles obtempéra juste avant d'apercevoir la signalisation du véhicule qui le précédait et le pressait de s'arrêter, ce qu'il fit, tout en actionnant l'interrupteur de ses propres feux. Les phares mal réglés de la voiture qui le suivait, en le « collant » presque, l'éblouirent. Il ne lui restait qu'à prendre son mal en patience. Le coude gauche appuyé sur le rebord de la portière, il posa sa joue sur son poing, soupira et tapota le volant avec l'extrémité des doigts de sa main droite, un peu comme Anne l'avait fait en d'autres temps et d'autres lieux.

Alice ne lui ayant pas signalé ce bouchon, il ralluma la radio pour se brancher sur la station de l'autoroute censée délivrer des informations sur l'état du trafic en temps réel. Le présentateur ne fit aucune allusion à l'événement dans son bulletin. Il était pourtant arrêté et l'obstacle avait été signalé par une camionnette officielle. Il ne distinguait cependant pas grand-chose et n'apercevait ni mouvement ni feu au-devant de la voiture qui le précédait, comme si elle était seule arrêtée.

Sans crier gare, dans un bruit sourd, presque étouffé, un autocar le dépassa sur sa gauche sans être gêné par l'état de la chaussée ou le bouchon. Il fut suivi de près par une véritable procession de ces engins remplis de passagers. Ce convoi se perdit dans le lointain, le laissant sur place, immobilisé et coincé, sans même pouvoir déboîter pour changer de file. Il n'avait jamais vu un ralentissement comme celui-ci.

Enfin, le bouchon sembla se résorber et il put avancer, mais il parcourut à peine une centaine de mètres avant d'être à nouveau arrêté. Il pesta, car il allait faire ce qu'il appelait « la chenille infernale », mouvement plus connu sous le nom « d'accordéon » consistant à jouer successivement et alternativement de la boîte de vitesse et du frein pendant un temps indéfinissable, jusqu'à l'exaspération. Et la partie commença, avec cependant une innovation, car à chaque arrêt un autocar le dépassait, jusqu'au moment où, sans raison apparente, l'un d'eux s'immobilisa à sa hauteur.

L'engin était impressionnant, massif, avec un double essieu arrière, d'une belle teinte bleu marine et brillant comme un miroir, dépourvu de toute inscription. Son propriétaire était particulièrement discret et ne cherchait pas la publicité facile. Impressionné, il admira ce fier vaisseau de caoutchouc, de tissu, de fer et de verre. Derrière les rideaux en partie tirés habillant les fenêtres, des visages étrangement immobiles lui rappelaient des personnes rencontrées peu de temps auparavant. L'autocar n'était pas rempli, à peine une douzaine de passagers, à vue de nez. Il en était maintenant sûr, il avait déjà vu certains de ces voyageurs, mais où ?

Une jeune femme aux beaux cheveux désordonnés tourna la tête doucement pour regarder par l'ouverture dessinée par un architecte maritime. Les lèvres de sa bouche avaient été crayonnées avec une couleur rouge pâle, ce qui rehaussait le discret sourire, indéfinissable à l'instar de celui de la Joconde, qu'elle arborait.

C'était Sarah !

Il n'en croyait pas ses yeux. Elle était morte. Il l'avait vue allongée dans la cendre et la neige quelques heures plus tôt. Elle ne pouvait être là, à le regarder. Elle tourna à nouveau la tête et disparut à jamais derrière la tenture immobile. Mais alors, d'évidence, les onze passagers lui tenant compagnie étaient d'autres victimes du carambolage.

Sa raison chavirait et, désormais en perdition, il fixait avec insistance le flanc de l'autocar fait d'un métal froid et impénétrable qui n'était pas aussi lisse qu'il le paraissait. Il distingua une blessure superficielle dans la tôle, une entaille rectiligne avec quelques éclats de peinture couleur marron.

Il reconnut l'autocar qu'il avait heurté quand il avait cherché à s'arrêter sur l'aire de repos. Son chauffeur n'avait pas bondi hors de sa cabine lors de l'accrochage. N'étant pas de ce monde, il devait se cacher des mortels. Charles n'aurait d'ailleurs jamais dû faire cette rencontre. Ce convoyeur avait aussi reçu des instructions précises : prendre en charge douze passagers dont Sarah et Bertrand aux alentours de dix heures et quart, juste après le passage de l'ange pour les conduire là où ils devaient aller et rien ni personne ne le détournerait de cette importante tâche. Sarah et Bertrand arriveraient sans encombre. Ils étaient attendus.

Le bouchon était une régulation du trafic entre les deux mondes. Les vivants sur la file de droite laissaient passer les morts sur celle de gauche. La camionnette aperçue n'appartenait pas à la société des autoroutes de l'Est. Elle venait d'ailleurs, tout comme les engins qui le précédaient et le suivaient dont il n'apercevait que les feux.

Le chauffeur de l'autocar usa de son klaxon d'où sortit un bruit infernal et répété. Il devait poursuivre sa route, et vite, mais n'y parvenait visiblement pas. Que se passait-il donc ? Un vivant avait-il empiété sur la voie des morts ?

Charles succomba à la curiosité et abaissa la vitre afin de se pencher au-dehors à la recherche de ce qui encombrait le passage, mais le brouillard rendit l'exploration difficile. Il entraperçut néanmoins une masse sombre aux formes imprécises obstruant la voie de gauche. Une voiture avait sans doute réussi à déboîter et s'était trouvée coincée à cheval entre la vie et la mort. Cela avait suffi pour tout bloquer. Le chauffeur de l'autocar s'impatientait, à en croire la façon dont il usait de son avertisseur sonore. Il pourrait devenir méchant et appeler en renfort la Faucheuse. Elle serait furieuse d'avoir été dérangée en urgence pour si peu et se vengerait en faisant souffrir celui qui l'avait perturbée dans son travail ou s'opposerait au passage avenant de la Mercedes. Pendant quelques instants, aussi longs qu'une éternité, le sort de l'obstacle demeura incertain, puis il disparut, sans que l'on sache de quel côté de la route il avait basculé.

L'autocar démarra en trombe et il le vit s'éloigner emmenant Sarah pour son dernier voyage. Au bord des larmes, il lui dit adieu.

Chapitre 18 – La porte de l'Enfer

La procession s'étirait maintenant jusqu'à disparaître. Depuis une grosse dizaine de minutes, il n'avait plus été arrêté et aucun autocar ne l'avait dépassé. L'interminable convoi des âmes recueillies au cours de la nuit et au petit jour était passé, laissant aux vivants la place qui leur revenait. Il n'avait pu distinguer le véhicule qui le précédait, disparu au moment où le brouillard s'était dissipé. À l'arrière, il n'y avait plus rien non plus. Les rétroviseurs réfléchissaient seulement le ruban de bitume vide et Alice, silencieuse, faisait celle qui ignorait tout, comme s'il n'y avait jamais eu de bouchon. Il avait pourtant été réel et l'avait retardé. L'horloge de bord le confirmait en affichant midi moins le quart. À cette heure, la faim aurait dû commencer à se rappeler à son bon souvenir, mais ce n'était pas le cas, comme si les deux morceaux de sucre avalés plus tôt avaient suffi à le rassasier. De l'eau restait dans la petite bouteille entamée qu'il but, sans même y penser.

Une brise s'était levée laissant poindre une éclaircie tout en balayant les nappes de brume encore suspendues à ras de terre. Le spectacle s'annonçait de toute beauté. Sur la ligne d'horizon, le soleil d'hiver lançait à l'assaut de la terre ses rayons jouant à saute-mouton sur les plaques de neige immaculée. Alentours, des arbres aux branches habillées de givre projetaient leurs ombres pour graver leurs motifs étirés sur un sol qui n'attendait que cela, comme la feuille vierge de l'illustrateur. Des perce-neige en grande quantité se disputaient les rares parcelles colonisables en dessous de la glissière de sécurité brillante tel un rail de chemin de fer poli par le passage des roues d'acier. Charles pénétrait ainsi dans une reposante pastorale hivernale qui faisait un contraste saisissant avec ce qu'il venait de vivre.

La fin du voyage s'annonçait plutôt agréable. Alice ne semblait plus vouloir être un oiseau de mauvais augure et la carte informatique ne signalait pas d'obstacle jusqu'à Reims. Il pouvait même accélérer et s'approcher maintenant des cent trente kilomètres-heure autorisés. Le tableau n'aurait pas été complet s'il n'était accompagné d'une mélodie appropriée à cette atmosphère rassurante. Comme le chargeur de disques était inaccessible et que de toute façon il s'était lassé de son contenu, il restait la ressource de la radio ou du lecteur de cassettes audio dont il se rappelait soudain l'existence. L'un des boîtiers retrouvés plus tôt devait certainement contenir une cassette dans un état encore acceptable par la machine. Ces fragiles bandes magnétiques antédiluviennes avaient une fâcheuse tendance à s'enrouler autour des galets, bloquant le mécanisme d'entraînement. Après une rapide inspection dans le vide-poches, il fit le meilleur choix possible dans sa maigre collection, celui de la symphonie n° 6 de Beethoven, dite Pastorale, dont il appréciait particulièrement le deuxième mouvement. La qualité sonore était cependant exécrable. Bien vite, il préféra arrêter l'appareil et retrouver le silence à peine troublé par le discret bourdonnement du moteur.

Il roulait comme si rien ne s'était passé depuis son départ de Paris, tout en réfléchissant aux étranges événements survenus au cours de la matinée. Qu'il ait été immobilisé et retardé pendant des heures à cause d'une tempête de neige et d'un accident, soit ; mais qu'il se soit trouvé dans d'improbables situations allant de la bataille de la Marne, en passant par un voyage à bord de la Flèche d'or, pour finir attaqué par des charognards dans une campagne dans laquelle il lui était impossible de se trouver, le remplissait de perplexité.

Une alarme muette du tableau de bord, signe d'une défaillance de sa machine, le tira de ses réflexions. Une lumière vive s'était mise à clignoter, mais puisque cela ne s'était encore jamais produit, il ne comprenait pas de quelle panne il pouvait bien s'agir. L'existence même de ce voyant lui était inconnue. Il commença par tapoter sur la protection transparente du tableau de bord, comme s'il s'agissait d'un faux contact électrique réparable au moyen de ces légères pressions. Son attente fut déçue. Le signal persistait à indiquer un mauvais fonctionnement qu'il ne percevait cependant pas. L'oreille tendue, il n'entendit rien d'anormal du côté du moteur ni d'un autre côté. Aussi décida-t-il de n'accorder aucune importance à ce mystérieux avertissement. Mais quelques instants après, l'aiguille de température du moteur chuta brutalement dans la zone bleue du cadran et, de sa voix placide, Alice lui intima l'ordre de s'arrêter :

— Dysfonctionnement. Arrêtez-vous. Dysfonctionnement. Arrêtez-vous.

Il obéit, sans comprendre d'où venait le problème.

Après avoir enclenché ses feux de détresse, il se déporta en direction de la bande d'arrêt d'urgence, jura une nouvelle fois et s'arrêta à proximité de petits écureuils roux occupés à rechercher leur nourriture sans être perturbés par l'intrus. Ils étaient aussi peu craintifs que leurs cousins de Central

Park lorsqu'ils dévorent les frites que leur distribuent les promeneurs assis sur les bancs publics et à qui ils tiennent compagnie.

Le moteur maintenant coupé, il allait se mettre en quête de secours. Les bornes d'appel d'urgence étant implantées à intervalles de deux kilomètres environ, il aurait tout au plus quelques centaines de mètres à parcourir pour atteindre l'une d'elles, juste de quoi se dégourdir les jambes. Au moment où il s'apprêtait à s'emparer de son manteau posé sur le siège arrière, il s'aperçut que la température affichée par le thermomètre extérieur dégringolait. Celui-ci marquait douze degrés Celsius en dessous de zéro et il poursuivait sa descente. L'indicateur était certainement détraqué, car les petites peluches s'agitant au-dehors ne pouvaient supporter un froid si intense. Mais, pris d'un doute, il voulut s'en assurer et manœuvra la commande électrique d'ouverture de la fenêtre. À peine celle-ci entrebâillée, il sentit la morsure d'une brise polaire sur son visage et remonta aussitôt la vitre. L'instrument de bord ne mentait pas !

Charles fut désemparé. Il n'était pas équipé pour affronter ce froid, même pendant une courte durée. Il gèlerait sur place dans son pardessus enfilé sur un costume de ville en laine peu épaisse, refermé sur une chemise de chez Brooks Brothers au col tenu par une cravate et aux manches nouées par d'élégants boutons gravés à ses initiales. Le thermomètre poursuivait sa chute et affichait maintenant seize degrés en dessous de zéro à l'extérieur sous un soleil radieux. Toute expédition était définitivement compromise. Il ne pouvait cependant rester enfermé à ne rien faire, dans l'attente de l'hypothétique passage d'un bon samaritain.

À force de cogitations, il se souvint de la fonction « urgence » de son téléphone de voiture. Le vendeur lui avait assuré qu'elle permettrait une localisation, quelle que soit la situation dans laquelle il se trouverait, même la plus improbable. Les événements allaient mettre à l'épreuve cet argument commercial. Sans hésiter, il sélectionna la commande et l'actionna. Il ne lui restait plus qu'à patienter jusqu'à l'arrivée des secours.

En attendant, il observait les petits rongeurs qui l'ignoraient. Certains se disputaient une découverte fortuite tandis que d'autres, debout sur leurs pattes arrière, se demandaient où chercher les provisions, sans doute cachées quelques semaines plus tôt, la queue bien enroulée en forme de crosse d'évêque et la petite truffe à l'affût. Ils poursuivaient leur marché comme si de rien n'était, sans voir la voiture qui ne pouvait pourtant passer inaperçue.

Comment faisaient-ils pour ne pas geler sur place ?

Puisque ces animaux ne peuvent survivre dans ces conditions, c'est, se dit-il, que celles-ci n'existent pas. Pourtant, il avait ressenti une intense froidure. Sans le savoir, il s'était arrêté sur le perron d'une porte de l'Enfer entrouverte d'où s'échappait son souffle. Avancer juste de quelques mètres permettrait d'échapper à cette mortelle respiration. Charles ignorait aussi cela et seul l'empressement qu'il manifestait à se tirer de la situation inconfortable dans laquelle il se trouvait le conduisit à essayer de faire redémarrer le moteur de son engin. Le contact mis, la mention « préchauffage » s'inscrivit au bas du tableau de bord, sans s'effacer. La température était si basse que le diesel ne parvenait pas à être chauffé suffisamment pour se fluidifier jusqu'à s'enflammer en se vaporisant dans la chambre de combustion. Il était condamné à l'immobilisme jusqu'à l'arrivée de la camionnette de dépannage, si elle arrivait, avec pour seule compagnie des écureuils qui l'ignoraient toujours. Il coupa le contact, comprenant l'inutilité d'insister.

Il attendrait quelques minutes avant de faire un nouvel essai qu'il n'aurait pas à tenter puisqu'il vit dans son rétroviseur une camionnette aux allures de dépanneuse se rapprocher rapidement. Son appel de détresse avait donc été reçu, mais au lieu de se ranger à sa hauteur, le véhicule tant attendu le dépassait franchement d'une bonne centaine de mètres avant de s'arrêter. Une silhouette humaine en descendit, observant l'horizon à la recherche d'une automobile en panne, la sienne. L'individu ne la repérait visiblement pas. Il klaxonna à plusieurs reprises, mais le bruit de l'avertisseur, pourtant puissant, ne parvenait pas aux oreilles du nouvel arrivant. Les écureuils n'avaient même pas été effrayés, à croire qu'il avait été le seul à l'entendre. Il fit des appels de phares pour signaler sa présence, sans aucune réponse. Tout en arpentant les environs immédiats, le mécanicien sortit son téléphone mobile de la poche de son pantalon, certainement pour demander des instructions, remonta dans sa camionnette, mit son feu clignotant et s'en alla, au désespoir de son client, toujours invisible.

Le thermomètre de bord persistait à afficher une température extérieure glaciale. Rien ne pourrait être entrepris tant que la porte resterait entrouverte.

Alors qu'il s'angoissait à l'idée de demeurer sur place, prisonnier de l'habitacle sans en comprendre la raison, il fut rejoint par un faucon et l'ombre qui l'avait suivi après le premier péage, se demandant s'il devait redouter cette arrivée inopinée comme un mauvais présage ou s'en réjouir. La réponse ne tarda pas.

Quelques instants plus tard, la température extérieure remonta légèrement à moins quatorze degrés. L'occasion fut saisie sans attendre. Aussitôt après avoir tourné la clé de contact, le tableau de bord s'illumina comme un arbre de Noël, et cette fois, le moteur toussa après un bref préchauffage. Sans hésiter, il enclencha la première vitesse et parcourut plusieurs mètres. Les écureuils furent les premiers étonnés de l'apparition inattendue de ce monstre de métal et détalèrent aussi vite qu'ils purent, abandonnant à même le sol les quelques provisions pourtant glanées avec tant de persévérance. Son retour dans cette réalité les avait effrayés. Il y avait de quoi.

L'alarme lumineuse s'était à nouveau enclenchée, mais Alice ne le lui rappela pas et l'aiguille de l'indicateur de température du moteur avait repris une position normale, exactement entre le bleu et le rouge. Il pouvait poursuivre sa route. Il devait même quitter cet endroit sans tarder, car derrière lui un combat épique avait commencé. Le faucon allié à une créature éthérée empêchaient Cerbère, libéré de ses chaînes, de se lancer à sa poursuite. Les mains prises d'un léger spasme, Charles comprit enfin qu'il avait de nouveau échappé à un funeste avenir, et ne crut pas – cette fois – que la luminosité du soleil hivernal ait abusé ses sens.

Chapitre 19 – Le faucon

Il avait quitté la bande d'arrêt d'urgence avec soulagement, laissant derrière lui un champ de bataille fantastique que nul ne pouvait soupçonner. Il ignorerait l'issue de la lutte. Malgré cela, il supputait que même si la porte entrevue parvenait à être refermée de force et Cerbère ramené à sa garde, une autre réapparaîtrait tôt ou tard. Elle ne devait pas être la seule de son genre ; mais certaines ouvraient sûrement sur des lieux plus accueillants, sur l'Élysée selon les anciens. Cette ambivalence participait de croyances largement répandues à l'égard desquelles il avait toujours manifesté un profond scepticisme. Pourtant, l'intervention du faucon et de son ange gardien l'avait sauvé d'un souffle glacial dont il ne doutait plus qu'il fût celui de l'Enfer. Il en était ébranlé au point de se surprendre à prier pour ne pas subir le sort d'un damné lorsque l'heure fatidique viendrait.

Comme une révélation, il comprit en une fraction de seconde que les péages successifs l'interrogeaient comme le Sphinx le fit avec Œdipe en lui posant sa célèbre énigme.

Chaque péage représentait l'une des trois étapes de son existence, l'enfance, l'âge adulte et la vieillesse. La première était loin derrière lui. La deuxième se rapprochait et serait bientôt passée. Il resterait encore la troisième. Il était convaincu, sans pouvoir se l'expliquer, que le franchissement de l'ultime barrière après la tombée de la nuit lui serait fatal. Rebrousser chemin était impossible. L'autoroute est à sens unique et l'on ne revient jamais sur son passé. Il lui fallait coûte que coûte atteindre sa destination avant le crépuscule ; il en allait de sa survie. Il pouvait y arriver. Soutenu par ce fol espoir, il reprit courage et poursuivit sa route ; seulement, celle-ci était jalonnée de terribles pièges et les jours sont si courts en novembre.

Le voyant d'alarme s'était éteint dans l'indifférence d'Alice qui se faisait oublier. De là à croire qu'il s'était déclenché afin de provoquer l'arrêt à proximité de la dangereuse porte, il n'y avait qu'un pas à franchir. Charles n'avait pas senti la présence de la Faucheuse, mais cela ne signifiait pas qu'elle ne fût pas à proximité. De son côté, Cerbère se morfondait dans sa tanière et s'était échappé, pour prêter main-forte à celle qui l'approvisionnait en lots de trépassés, toujours plus nombreux.

Le péage du milieu du jour n'était maintenant plus très éloigné et sa superstructure se devinait. Du monde attendait pour le franchir. Des engins les plus variés s'agglutinaient en une masse compacte, dans le plus grand désordre. Quant à l'accès à la voie réservée, il était fermé pour travaux, rendant inutile la possession d'un badge magique.

Certains conducteurs exprimaient de la contrariété et d'autres un vif agacement sans que cela change quoi que ce soit à la situation. L'attente était d'au moins une vingtaine de minutes. Il maudit la société d'autoroute, car il devait passer rapidement l'obstacle, pour ne pas être en retard à la dernière barrière. Afin de tromper l'attente, il se mit à compter les véhicules devant lui, aspirés un par un à une cadence particulièrement lente dans l'imposante structure de fer et de béton pour disparaître aussitôt après. Happé par ce flux dans lequel toute manœuvre destinée à accélérer le mouvement était impossible, il progressait à la vitesse d'un escargot, résigné. Lorsqu'en définitive son tour vint, il présenta une carte de paiement pour s'acquitter, sans mot dire, de la taxe comme il l'avait déjà fait des centaines de fois.

Aussitôt cette formalité accomplie, Charles démarra en trombe. Il eut la surprise de constater qu'il était seul. Aucun autre usager ne le précédait ni ne le suivait, alors qu'il s'attendait à être pris dans un trafic intense. Les nombreux véhicules qui avaient formé un épais conglomérat à l'entrée du péage s'étaient volatilisés. L'autoroute avait pris un aspect inhabituel. Il ne la reconnaissait pas. Elle paraissait flotter entre ciel et terre et sa trajectoire se perdait dans un horizon inexploré. Il interrogea l'ordinateur sur un ton grave, sans s'attendre à recevoir une réponse :

— Où suis-je, Alice ?

La répartie fut inattendue :

— Demandez au faucon.

— Pardon ? s'exclama-t-il interloqué.

Il n'y eut pas d'autres commentaires. Avait-il rêvé ? Alice n'était pas programmée pour entretenir une conversation et cette phrase ne figurait pas à son répertoire. L'imagination de Charles lui avait encore joué un tour, à moins que le propos entendu ne soit pas venu d'Alice. C'était cela, un autre lui avait parlé, mais il ne transportait aucun passager. Alors qui ?

Il s'aperçut brusquement qu'un rapace de petite taille était debout à moins de soixante-dix centimètres de lui. En équilibre sur la planche de bord à sa droite, sa tête de trois quarts, il le dévisageait, ce qui le surprit et lui fit peur au point d'en perdre momentanément le contrôle de sa conduite. Non sans quelques acrobaties, il redressa la situation et évita l'accident de justesse. Comment diable l'animal avait-il fait pour pénétrer dans l'habitacle ? Toutes les vitres étaient pourtant fermées. Toutes ? Non. Il sentit un courant d'air sur sa nuque. La fenêtre de la portière arrière gauche était largement ouverte et l'oiseau était passé par là. Lorsqu'il avait manipulé l'interrupteur commandant la descente de sa fenêtre pour payer, il avait également actionné par mégarde celui de la vitre arrière qu'il n'avait pas refermée. Le volatile en avait profité pour se glisser à l'intérieur. Il l'interpella comme s'il parlait à une personne :

— Mais, bon sang l'oiseau, que fais-tu là ?

Il ne répondit pas, mais le regarda avec insistance pour s'assurer d'être en présence de celui qu'il cherchait. Sa tête s'abaissa un peu afin de voir ce que sa position initiale devait lui cacher. Après quelques instants passés à scruter un point particulier, il la redressa, satisfait de son examen. Sans prêter davantage attention à celui qu'il visitait, il pivota d'un demi-tour sur lui-même pour se retrouver face à la route, observer et attendre que se passe ce qui devait se passer.

Le voyageur restait stupéfait de cette présence, mais sans en avoir peur. L'animal ne l'avait-il pas déjà secouru ?

— Alors, tu n'as décidément rien à me dire, après t'être introduit sans y être invité…

Il ne put achever. L'oiseau se mit à réclamer d'un ton exigeant, lui enjoignant ainsi de se taire.

Bon, bon, soit, murmura-t-il, mécontent d'être ainsi rabroué, mais sans oser esquisser le moindre geste qui aurait pu affoler le rapace et causer un accident.

Le silence s'installait dans une atmosphère lourde et pesante, comme avant les grandes catastrophes. Chacun tenait son rôle, l'un conduisait, l'autre observait et les minutes s'égrenaient sans qu'il ne se passe rien, ni en dedans ni en dehors.

L'oiseau avait-il été fatigué de voler ? L'ouverture laissée après le passage du péage n'aurait pas échappé à sa vue perçante. Il aurait ainsi saisi l'occasion pour poursuivre sa route à l'abri en se reposant, comme la Faucheuse en embuscade à l'échangeur avait voulu le faire plus tôt, quoique celle-ci ne fût pas animée d'une intention spécialement bienveillante. Il avait simplement été plus malin ou plus adroit.

Mais non, ce n'était pas cela, car il était debout, attentif à ce qui se passait, plutôt à ce qui allait advenir, avançant parfois la tête, afin de se rapprocher du pare-brise, sale par endroits, pour mieux voir. Charles entendait les secondes s'écouler dans le sablier du temps, puis, sans aucun signe avant-coureur, le faucon se mit à réclamer à tue-tête pour prévenir d'un danger imminent. Le cri répété résonnait dans l'habitacle de façon insupportable et augmentait d'intensité. Au même moment, un ange gardien enveloppa la voiture de son voile protecteur. L'obscurité qui en résulta et le vacarme firent perdre à Charles le sens des réalités. Dans un ultime réflexe, il freina. La voiture fit une embardée, heurta un obstacle et s'arrêta.

Pour se protéger, il s'était penché sur son avant-bras gauche posé en travers sur le volant et il resta ainsi, prostré, jusqu'à ce qu'il entendît le bruit de coups répétés donnés sur la vitre de sa portière. Il leva la tête cherchant à reprendre ses esprits et distingua le visage d'un homme entre deux âges penché vers lui qui, visiblement inquiet, lui parlait. Il actionna le lève-vitre électrique et l'entendit l'interroger :

— Est-ce que tout va bien, Monsieur ?

Encore tout étourdi, Charles n'était pas certain de la réponse qu'il fit :

— Oui… Oui. Enfin, je crois. Où sommes-nous ?

— À la sortie du péage. Vous avez heurté légèrement le rail de sécurité et vous vous êtes arrêté sur mon pare-choc, mais rassurez-vous, il n'y a rien, aucun dégât, même pas une égratignure de peinture. Êtes-vous sûr que tout va bien ?

— Oui, tout à fait certain, dit-il en demandant où était le faucon.

— Le faucon ? Quel faucon ?

— Il y avait bien un oiseau avec moi, juste à côté. Vous ne l'avez pas vu ?

— Non, s'étonna l'homme qui se tenait toujours voûté au-dehors, tout en se demandant si le choc n'avait pas été plus violent qu'il ne l'avait pensé et n'avait pas perturbé la raison de son interlocuteur.

— J'ai dû rêver.

— Si vous n'avez besoin de rien, je vais vous laisser. Il est inutile de faire un constat puisqu'il n'y a pas de dégâts et vous semblez aller mieux.

— Je vous remercie. En effet, cela va aller. Je vais m'arrêter un petit moment pour me reposer.

— Adieu Monsieur, dit l'homme au-dehors en ne s'attardant pas, soulagé de s'éloigner d'un aussi singulier automobiliste qui se prenait pour un fauconnier.

Charles s'interrogeait. Où était passé son compagnon ailé, car il avait été là. Un courant d'air lui fit comprendre que la vitre de la porte arrière gauche était à moitié ouverte. Il était reparti comme il était venu, sitôt après avoir accompli sa tâche.

Son protégé chercha à mettre de l'ordre dans le déroulé des événements et comprendre ce qui s'était passé. Après avoir franchi le péage, il s'était retrouvé sur une voie déserte et avait parcouru plusieurs kilomètres, ce qui était impossible puisqu'il était juste à la sortie à quelques dizaines de mètres à peine du portique. À moins que…

Cerbère eût échappé à ses adversaires, ou réussi à briser ses entraves, et l'eût poursuivi pour le piéger juste à la sortie du péage où une autre porte ouvrait sur le royaume d'Hadès. C'était la seule explication et elle n'était pas rassurante pour l'avenir.

Le faucon et son ange gardien l'avaient sauvé de ce péril. Ils lui offraient une nouvelle chance de parvenir à temps à l'ultime étape de son voyage, afin de recommencer un nouveau cycle ou de se prolonger. Charles le saisit assez clairement.

Chapitre 20 – Le bazar des souvenirs

Stationné sur le parking à côté de la gendarmerie, Charles reprenait ses esprits et mesurait désormais pleinement l'enjeu de son expédition rémoise en contemplant la barrière de péage. À force de la fixer, il se la représentait à l'image d'une tranchée hérissée de puissantes bouches à feu crachant des projectiles en direction d'un lointain ennemi pour arrêter sa progression ou préparer un assaut. Mais la Grande Guerre était terminée depuis longtemps ; il le savait. Les obus qu'il avait imaginés étaient seulement des véhicules progressant en direction de l'Est conduits par de pacifiques pilotes, sauf, peut-être, la black cab qui déboulait à vive allure pour disparaître aussi vite dans le lointain.

L'écran de l'ordinateur de bord affichait une distance de soixante-dix kilomètres jusqu'aux faubourgs de Reims, soit environ trois quarts d'heure de voyage dans des conditions normales de trafic. Allons, se dit-il avec l'espoir ne pas se tromper, la Faucheuse en sera pour ses frais cette fois.

Cette perspective le calma un peu et il rejoignit le flot de circulation tout en écoutant d'une oreille distraite le programme diffusé par une station de radio dont il ignorait l'existence. Elle rappelait de façon insistante qu'elle était audible sur la fréquence 117,7 FM. Il n'y prêta pas d'attention sur le moment, occupé à scruter le tableau de bord à la recherche d'une anomalie. Il n'en décela qu'une : les voyants vert et rouge du téléphone étaient tous deux allumés, ce qui était insolite puisque l'un annonçait une communication en cours et l'autre une absence de réseau. Une mauvaise connexion était sans doute à l'origine de ce conflit électronique et il n'y attacha pas d'importance.

Rien de particulier ne se passa pendant plusieurs kilomètres. Alice se reposait et il voulut croire que les aventures vécues au cours de la matinée étaient désormais à ranger dans la boîte à mauvais souvenirs.

Il s'agissait seulement d'une accalmie de courte durée, car le ciel se chargeait de nuages menaçants annonçant un violent orage. Zeus donnait bientôt l'ordre à Éole de libérer les vents et des nuées sombres entreprirent une chevauchée sauvage sur les collines environnantes. Les rayons du soleil furent masqués en même temps que le grondement du tonnerre retentit, d'abord sourd et lointain, puis de plus en plus proche, comme attiré par le voyageur. L'obscurité s'était abattue et ce qu'il redoutait arriva : une pluie battante se mit à tomber et la voiture devint un tambour entre les mains d'un enfant le frappant sans relâche. Le balayage des essuie-glaces automatiques se révéla rapidement impuissant à évacuer les trombes d'eau qui se déversaient désormais au rythme du déluge. Zeus dirigeait son courroux contre le malheureux voyageur qui ne se souvenait pas de l'avoir offensé.

Il prit cette colère pour la manifestation des tourments de son âme avant qu'elle ne trouve le repos.

En attendant, il n'apercevait plus que par intermittences les lanternes rouges des véhicules le précédant et qui avançaient comme lui à l'aveuglette. Il fut contraint de s'arrêter tant la pluie tombait dru, rendant inaudible la radio ; il l'éteignit.

Devaient alors émerger de cet écran liquide géant des figures toutes plus inattendues les unes que les autres. Un cheval monté par une cavalière en amazone arriva au galop, se cabra et s'arrêta sous son nez, puis rebroussa aussitôt chemin redoutant de s'aventurer au-delà du rideau de pluie. Une centurie de spectres à la poursuite d'une diligence surgit dans un lourd silence. Son unique passager penché au-dehors était livide, sachant sa dernière heure venue. Un grand Duc apparut, majestueux, précédant une horde de loups hurlant à la mort lancée à la reconquête d'un territoire perdu, mais incapable de franchir la chute d'eau devenue lisse comme une glace à force d'être compacte. Il finit par s'y réfléchir sans se reconnaître immédiatement, car elle avait pris l'aspect d'un miroir au mercure terni par le temps. Il présentait aussi un visage fatigué aux traits accentués. Ses joues s'étaient creusées ainsi que les trois rides qu'il portait depuis toujours sur le front tels des hiéroglyphes qui y auraient été gravés au burin.

Avait-il franchi un passage sans le savoir ?

Il en avait pris l'habitude depuis le début de la matinée et cette question ne le troubla pas, même s'il se demandait dans quel endroit il était passé. La réponse ne tarderait pas, car son reflet tourna les talons et s'enfonça dans l'épaisseur du verre entre deux traces de mercure.

Des maisons délabrées bordaient le chemin qu'il suivait en silence. Certaines façades avaient même été arrachées, soufflées et des lattes de parquet flottaient dans le vide, tels des pendus retenus par un ou deux brins d'une corde prête à se rompre. Des tables étaient dressées avec des assiettes et des verres brisés. Deux cheminées de pierre encore debout étaient tout ce qu'il restait d'une villa réduite à l'état de souvenir. Dans cet amas de vestiges, seule la rue était parfaitement entretenue, dépourvue de la moindre ornière, jusqu'aux accotements. Deux cantonniers travaillaient, un de chaque côté. Entièrement absorbés par leurs tâches consistant à chasser une poussière inexistante avec des balais imaginaires, ils ne le virent pas. Il les salua, mais ils ne lui rendirent pas son salut et il poursuivit son chemin en haussant les épaules.

Il aperçut quelques ombres se déplaçant furtivement dans les champs de désolation s'offrant à sa vue, sans parvenir à les identifier, et voulut aller à leur rencontre, mais se ravisa, pris d'un affreux doute. Il avança encore sous les réverbères impeccablement alignés qui diffusaient une lumière tiède, puis tourna à droite, à l'angle d'une allée. Sur une façade, une infime partie du néon publicitaire encore intacte d'une enseigne de librairie crépitait faiblement. La couverture à moitié brûlée du Petit Prince se remarquait sur le présentoir en désordre posé derrière la devanture offerte aux quatre vents. Une étrange brise voulait faire tourner les quelques rares pages martyres du livre encore retenues par un fil ténu à la reliure de cuir rouge. D'autres ouvrages se consumaient lentement à côté de vases fêlés ayant contenu des roses noires, désormais fanées. Était-il possible qu'il subsiste dans ce paysage ravagé par un feu mystérieux une étincelle de vie ? Il ne restait rien d'autre de perceptible que les ruines d'une petite cité.

Au loin cependant, dans ce qui ressemblait à une impasse, une boutique à la devanture de style victorien, la vitre sale et faiblement éclairée, paraissait ouverte. Fasciné par cette unique maison encore intacte, il s'approcha et, arrivé devant la façade, mit la main au-dessus de ses yeux pour former une visière afin de mieux voir l'intérieur du magasin. Sans qu'il ait ne serait-ce qu'effleuré la poignée de la porte, ni même pensé à le faire, celle-ci s'ouvrit en heurtant des clochettes dont le discret tintement annonçait l'arrivée ou le départ d'un client. Puisqu'il y était invité, il entra dans une vaste pièce sans fond où régnait un incroyable amoncellement d'objets hétéroclites. Étaient posés pêle-mêle sur une table branlante des phonographes de différentes tailles, dont un avec un immense pavillon en tôle peinte écaillée, à côté de piles de vieilles bandes dessinées aux couvertures usées et, sur des étagères, des trains à vapeur miniatures de toutes les tailles. Les gros modèles « Jep » et « Bing » à l'échelle zéro des années d'avant les guerres étaient facilement reconnaissables. Il y avait une Flèche d'or, une Coupe-vent du Paris Lyon Méditerranée et même, dissimulée au fond, la fameuse 1b1 électrique de chez BLZ ayant seulement existé dans l'imagination de ses concepteurs. Une caisse en bois éventrée à même le sol regorgeait d'argenterie de marine et de plaques de cuivre à côté d'un écritoire déplié avec une plume sergent major trempée dans l'encrier droit à moitié plein d'une encre violette pensée. Quelques queues de billard aux beaux procédés enduits de craie bleue étaient posées sur une table à côté de téléphones en bakélite noire et crème plus ou moins complets et, plus à droite, en bon état, une machine à écrire massive Underwood n° 5. Il entendait le cliquetis des barres à caractère frappant une feuille de papier vierge. Elles inscrivaient des messages d'amour, de haine, ou encore des ordres de bourse. À peine plus loin, des liasses poussiéreuses d'emprunts russes de cent et cinq cents roubles à 4 ½ % de la ville d'Odessa s'empilaient dans l'attente d'un remboursement qui ne viendrait jamais. Des centaines de photographies cherchaient à quitter des albums trop remplis, à côté de rouleaux de négatifs et même de diapositives. Il était dans le bazar des souvenirs, de ses souvenirs.

— Que puis-je pour vous ? demanda un homme trapu aux cheveux grisonnants habillé d'un élégant costume trois-pièces impeccablement taillé dans un tissu bleu marine. Apparu de nulle part, il s'était exprimé les mains jointes en arborant un sourire qui mettait aussitôt en confiance.

Son visiteur ne l'avait pas vu et s'excusa, tout en répondant presque distraitement, trop absorbé par le spectacle des objets surgissant de chaque recoin de la pièce où se portait son regard :

— Je ne sais pas.

— Allons mon jeune ami, dit le propriétaire des lieux d'une voix douce en le regardant chaleureusement, vous avez certainement envie de quelque chose et j'ai tout ce que vous pouvez souhaiter. Ce que vous ne voyez pas est dans mes réserves. Quel est le souvenir qui vous tient le plus à cœur, celui que vous voudrez emporter avec vous le jour venu ?

Intrigué par ce discours ne ressemblant à rien de ce qu'il avait déjà entendu chez les antiquaires et brocanteurs qu'il fréquentait pourtant assidûment, il lui répondit :

— Je ne comprends pas.

— Allons, ne feignez pas l'ignorance. Vous savez où vous êtes. Personne n'ignore l'existence de mon bazar, même si d'ordinaire on n'y vient qu'une fois. Quelques rares privilégiés ont pu y revenir, mais il ne faut pas trop y compter. Et puis, la Faucheuse n'aime pas ; non, elle n'aime vraiment pas. Cela lui rappelle un travail mal fait. Il faut faire un bon choix. J'en conviens, ce n'est pas toujours facile, mais vous avez un peu de temps et je suis là pour vous aider. Voyons, les photographies, peut-être ? Non, ce n'est pas votre « truc », comme on disait à votre époque. Vous préférez les films ou la musique, n'est-ce pas ? Que diriez-vous d'une Pavane pour une infante défunte ? Le jazz, ce n'est pas mal non plus.

Il comprit ce dont on lui parlait, et se trouva partagé entre la révolte et la résignation. Sans pouvoir choisir, il préféra partir et se dirigea vers la porte. L'homme aux cheveux grisonnants, qu'il était à cent lieues d'imaginer aussi vif, le rattrapa, le prit gentiment par le bras et lui murmura en souriant :

— Tous mes clients commencent par réagir comme vous. C'est normal lorsque l'on se rend compte que le soir arrive, mais il est si triste de partir sans un bon souvenir. Et puis, croyez-moi, cela aide. Tenez, vous m'êtes sympathique, je peux même vous en fabriquer un, mais il ne faut surtout pas l'ébruiter.

Après un instant d'indécision, il se rendit à l'évidence. Le commerçant avait raison et il fallait se décider. Il lui répondit de la manière la plus affable qu'il put, sans parvenir à cacher son désarroi.

— Non merci, vous êtes fort aimable, et croyez que j'apprécie, mais je veux en choisir un qui soit à moi, qui me ressemble. Je ne veux pas tricher. Puis-je regarder à nouveau ?

— Naturellement, vous pouvez tout retourner. Après tout, c'est le bric-à-brac de votre vie, et comme je vous l'ai dit, je suis là pour vous aider, car je sais où tout se trouve. J'ai une fiche très détaillée sur vous. Je peux chercher dans mon arrière-boutique la petite auto rouge à pédale que vous aviez eue pour vos six ans, si vous voulez.

Il n'écoutait plus et se mit à prospecter du côté de l'impressionnant phonographe au si long pavillon, près duquel devaient traîner des 78 tours. Il trouva la première galette qu'enfant il avait passée sur un vieux tourne-disque à lampes que son grand-père lui avait donné et qu'il avait fini par casser, comme tout sale gosse qui se respecte. « Five minutes more » avait été écrasé par l'aiguille tombant sans ménagement sur le sillon une bonne centaine de fois au moins, si ce n'était davantage. Après un instant d'hésitation, il reposa le disque. Ce n'était pas avec cela qu'il voulait partir. Il se mit à fouiller du côté du secrétaire Empire sur lequel étaient posés des vases en verre teinté de rouge et d'or qu'il avait failli briser, sans y parvenir. Pourquoi chercher uniquement du côté de l'enfance, se demanda-t-il ?

Voyant son embarras, le pourvoyeur des souvenirs intervint, toujours d'une voix très douce :

— Puis-je vous aider ?

— C'est que j'ai trop de souvenirs, plus de quarante ans de vie.

— Oui, je sais. C'était plus simple pour Sarah et Bertrand. Ils avaient été fauchés si jeunes, cela limitait forcément leur choix.

— Comment, balbutia-t-il, vous les connaissez ? Comment vont-ils ?

— Allons, vous plaisantez, vous savez bien qu'ils sont morts. Ils sont passés très tôt ce matin et ne sont restés qu'une poignée de secondes. Ils savaient précisément ce qu'ils voulaient et étaient pressés.

— Qu'ont-ils choisi ?

— Je ne peux pas vous le dire. Vous comprenez, le secret professionnel.

— Je comprends. Mais pouvez-vous au moins me dire s'ils étaient heureux de leur choix.

Avec une légère gêne dans la voix, le boutiquier répondit par une question qui valait toutes les réponses :

— Croyez-vous que cela ait une réelle importance ?

— Non, bien sûr que non, et Charles ajouta, embarrassé : je ne parviens pas à me décider.

— Il va pourtant falloir, car le temps passe. De nouveaux clients vont arriver et il n'est pas bon de mélanger les souvenirs des uns et des autres. Une erreur est si vite arrivée. Suivez mon conseil, cherchez-en un apaisant, un de ceux auxquels vous songez lorsque vous ne parvenez pas à vous endormir et qui vous conduisent dans les bras de Morphée, sans avoir besoin de prendre un somnifère.

Il reprit sa fouille, écarta les photographies trop chargées de sentiments contrastés et les films qui n'étaient finalement que des images animées de personnes souvent disparues, des chagrins en mouvement somme toute. Il y avait bien une montre gousset en or, très sobre, sans trotteuse, que l'on remontait avec une clé carrée, dont il admirait l'esthétique. Il y tenait beaucoup et on la lui avait volée lors d'un déménagement, mais elle lui rappelait surtout un temps révolu plein de mélancolie. Il ne voulait pas éprouver de vague à l'âme au moment de tirer sa révérence. Il aperçut bien en évidence sur une commode de style indéterminable une collection de microsillons.

— N'avais-je pas raison, dit le maître des lieux qui suivait attentivement la progression de son client. Vous avez toujours aimé la musique qui vous a transporté le cœur et l'esprit, à chaque peine éprouvée et lors de toutes les joies ressenties. Elle transfigure vos tourments comme un alchimiste transmute les métaux vils en or. C'est un beau souvenir et d'ailleurs beaucoup de clients le choisissent. Dans votre cas, vous pouvez même prendre une œuvre assez longue.

Charles, le visage blême, se retourna pour dévisager son interlocuteur.

— Parce que le passage sera long ?

— Je n'ai rien dit de tel. Je n'ai simplement pas reçu d'instructions particulières vous concernant pour ce choix. Je ne sais rien de plus, croyez-moi.

— Je vous crois, mais avant de me décider, dites-moi comment font ceux qui ont seulement des souvenirs tristes ou que la vie a meurtri l'âme si fort qu'ils en ont oublié les joies qu'elle leur a apporté ?

— Cela n'arrive pas répondit-il d'un ton grave. Il y a toujours un moment agréable du passé, aussi ténu soit-il, auquel l'esprit se raccroche. Il le faut, sinon…

— Sinon ?

La réponse fut effrayante.

— La mort est douloureuse et l'homme à la Mercedes ne parvient pas toujours à apaiser le voyageur.

Il ne fut pas surpris ; il l'avait toujours su. Il s'empara du disque qu'il avait choisi et demanda, par habitude, son prix.

Le vieil homme manifesta son étonnement.

— Mais voyons mon ami, vous ne me devez rien. Il n'est pas question d'argent ici.

Alors qu'il se dirigeait vers la sortie en enjambant un amoncellement d'objets qu'il n'avait pas remarqué, et qu'il ne reconnaissait pas, il entendit le tintement caractéristique des grelots heurtant le faîte de la porte. Une cliente très âgée à la chevelure blanche, petite et voûtée au point de paraître bossue, certainement centenaire, tremblante, la main droite appuyée sur une canne à pommeau de platine, entrait lentement sans le remarquer. Il entendit l'homme aux souvenirs qui se tenait debout, les mains jointes, lui dire adieu et à l'adresse de la vénérable dame :

— Que puis-je pour vous ?

Désorienté, il se retrouva dehors, son enregistrement sous le bras.

L'aspect de la rue avait changé. Elle était déserte, défoncée par endroits, fissurée à d'autres et pleine d'ornières plus ou moins profondes. Les accotements étaient incertains et même dangereux. Des lampadaires étaient tordus et leurs globes brisés, comme s'ils avaient été vandalisés. D'autres, abattus et attaqués par la rouille, gisaient à même le sol. Seules de rares ampoules grésillaient encore en fumant, telles des vies s'éteignant tout en s'accrochant désespérément au souvenir de ce qu'elles avaient été. L'endroit avait subi un bombardement, une tornade, ou quelque chose de ce genre, en tout cas d'approchant. Pourtant, de part et d'autre de la route, se trouvaient alignées derrière des jardinets à l'anglaise de jolies maisons aux huisseries multicolores refaites à neuf, baignées de soleil. Des gens s'affairaient en souriant et des enfants gambadaient, jouant à cache-cache derrière les haies de thuya ou poursuivant un chat affolé. Où était passé le paysage désolé aperçu avant d'entrer dans la boutique ?

Il se retourna et vit la bâtisse qu'il venait de quitter ravagée, la devanture défoncée et une bonne moitié de la toiture absente, mais il entendit se perdre dans le lointain le tintement d'un petit carillon. Il reprit sa marche dans les décombres qui s'amoncelaient derrière lui, interdisant tout retour en arrière. Las de tous ces mystères, il finit par s'asseoir sur un tas de gravats instable. Il tenait dans sa main droite une pochette contenant un disque de trente-trois centimètres dont il ne se souvenait plus de la provenance, tout en sachant confusément qu'il s'agissait d'un trésor. Il voulut prier, mais ne connaissait plus de prière. Il voulut pleurer, mais n'avait plus de larmes. Il voulut oublier, mais ne sut plus quoi oublier.

Une canalisation avait éclaté non loin. L'eau avait la densité du mercure et s'accumulait rapidement à ses pieds pour former une flaque qui s'élargissait jusqu'à encercler le monticule où il s'était réfugié. Elle l'atteignit et le submergea sans qu'il fasse mine de se sauver.

Il était le miroir et il le regardait qui se regardait s'en retourner jusqu'à l'infini.

Chapitre 21 - 117,7 FM

Il se demandait encore si le déluge allait durer quarante jours et quarante nuits lorsque son reflet dans ce mur d'eau s'estompa progressivement. La colère de Zeus finissait par se calmer, mais la chaussée était tellement inondée qu'une barque aurait été un moyen de transport plus adapté. La patience était de rigueur jusqu'à l'évacuation complète de ce lac, ce qui allait prendre du temps, car la pluie continuait de tomber. Il serait encore retardé, lui qui espérait arriver en début d'après-midi.

En attendant, sans pouvoir faire autrement, il alluma la radio qui, à sa grande surprise, captait clairement de nombreuses stations, ce qui offrait pour la première fois depuis la matinée le choix entre plusieurs programmes. La liste des stations reçues s'allongeait en s'affichant sur l'écran d'ordinateur, mais aucune n'était reconnaissable. Certaines étaient identifiées par leurs seules fréquences, tandis que d'autres portaient des noms inconnus. Il choisit au hasard l'un des émetteurs qui diffusait une étonnante mélodie dont il ne pouvait dire si elle venait du fond des âges ou si elle préfigurait les musiques du futur aux accents de synthétiseur. Séduit, il regarda à nouveau l'écran pour mémoriser la station et le nom du compositeur qui devaient apparaître, mais seule l'indication de la fréquence s'afficha : 117,7 FM. Ébahi, persuadé d'avoir mal lu, il regarda à nouveau et constata qu'il ne s'était pas trompé. Pourtant, c'était tout simplement impossible, car la bande des très hautes fréquences s'arrêtait à 108 mégahertz. Aucun poste ne pouvait capter une transmission au-delà, si tant est qu'il y en eût une.

Le logiciel de l'ordinateur avait certainement un « bug ». Il fallait lire 107,7 et non 117,7, mais cette rectification aurait identifié le poste émetteur comme celui de la société d'autoroute dont les émissions étaient bien différentes puisqu'il transmettait toutes les trois minutes des informations, spécialement sur les conditions de circulation. Ce qu'il écoutait n'avait rien de commun avec une telle programmation. Le « bug » était sans doute plus important, car aucune station affichée ne pouvait être présente sur la bande FM.

Il changea d'émetteur pour l'un de ceux au nom imprononçable au lieu d'une suite de chiffres. La musique diffusée était la même. Il changea encore, mais il entendit toujours la même œuvre. Toutes les stations émettaient la même mélodie, à moins qu'il n'y en ait qu'une seule. Ses manipulations ne servaient à rien.

La musique s'arrêta net. Il s'agissait seulement du thème introductif d'une émission qu'il ne connaissait pas, et le présentateur prit aussitôt la parole pour éviter un silence, mais il s'exprimait dans une langue qui n'en rappelait aucune et toutes à la fois. Il comprenait pourtant quelques mots semblant être un assemblage de sonorités familières et eut l'impression qu'on s'adressait directement à lui, mais sans saisir toutes les subtilités du discours.

Le narrateur racontait l'histoire assez banale, et même ennuyeuse, d'un voyageur au temps des voitures à cheval ayant entrepris de se rendre dans une ville peu éloignée pour ses affaires. Seul et installé de façon spartiate, il s'attendait à parvenir rapidement à destination, mais le chemin était parsemé d'embûches en tout genre, à commencer par des intempéries, suivies d'attaques de brigands et d'accidents de roues cassées dans les nombreuses ornières d'une route mal carrossée. Le conducteur ne cessait de le rassurer et, après plusieurs heures de retard, promit à son passager qu'ils arriveraient bientôt, juste après une ultime halte au prochain relais.

Le voyageur voyait encore un contretemps dans cet arrêt imprévu et manifestait une réelle mauvaise humeur. Il était à deux doigts de se fâcher lorsque le conducteur l'informa qu'il allait prendre une passagère, alors qu'il avait reçu l'assurance de la compagnie qu'il voyagerait seul, comme il l'avait souhaité. Cette fois, c'en était trop, sa colère trop longtemps contenue éclata.

Rien n'y fit cependant et, à moins de descendre pour attendre une hypothétique prochaine diligence, il fut contraint d'accepter cette présence non désirée.

À ce moment de l'histoire où l'auditeur allait apprendre l'identité de la compagne du voyageur et la façon dont elle serait accueillie, le récit fut interrompu par la suite musicale déjà entendue qui reprit. Une brève coupure de publicités sans doute, mais il n'y eut rien d'autre que de la musique. Quelle étrange histoire que celle-ci qui n'avait pas de fin.

La mélodie cessa brusquement et un désagréable grésillement envahit l'espace, tandis que les stations affichées sur l'écran de l'ordinateur s'effacèrent toutes instantanément. Il éteignit la radio.

La mare d'eau l'entourant disparaissait maintenant rapidement, comme aspirée dans un siphon ouvert au milieu d'une vasque, et les bandes de bitume réapparurent. Alice sortit de sa léthargie pour lui rappeler de suivre la route principale.

Chapitre 22 – La mer de brume

La chaussée était maintenant praticable et la voiture démarra au quart de tour. L'interlude aquatique n'avait occasionné aucun dommage. Charles repartit cependant prudemment, car les trombes d'eau qui s'étaient abattues favorisaient la formation d'un dangereux verglas et l'humidité ambiante, l'apparition d'une nouvelle nébulosité.

La Champagne qu'il traversait maintenant ressemblait à un décor de montagnes russes. Au moment de descendre dans un vallon noyé dans une brume lui donnant l'allure d'une mer intérieure, il alluma ses feux antibrouillards. Ceux-ci ne furent pas d'un grand secours.

Dès qu'il pénétra dans cet univers clair-obscur, il dut ralentir tant la visibilité s'était réduite à presque rien. Seules les glissières de sécurité de part et d'autre de la route se devinaient encore par moments. L'endroit était étrange et mystérieux, peuplé de sorcières et d'enchanteurs échangeant entre pénombres et lumières des sortilèges fabriqués dans d'énormes chaudrons noirs ou jaillissant de chapeaux pointus multicolores. On les voyait fuser dans toutes les directions et se précipiter dans la multitude des gouttelettes d'eau en suspension pour prendre ensuite possession des choses et des êtres qu'elles touchaient.

La voiture fut assaillie par des myriades de ces minuscules agresseurs liquides qui s'introduisaient partout et la transmutation commença lentement, inexorablement. Comme tordue par une cruelle douleur, la tôle du capot avant s'animait d'une vie propre pour se froisser et se plier à la recherche d'une nouvelle forme. Le tableau de bord se dilata, puis se vaporisa en moins d'une seconde. Il n'y eut plus de compteur, plus de témoins lumineux, plus de plexiglas, plus rien. Le volant devint une paire de rênes qui lui échappa des mains. Le toit avait pris la texture d'une toile rigide maintenue aux extrémités avant par deux montants recourbés en forme d'arceau. Les roues silencieuses en caoutchouc étaient devenues plus grandes et cerclées de fer au roulement bruyant sur un chemin mal pavé. Son siège perdait son confort pour devenir une banquette de bois dure et les pédales d'embrayage, de frein et d'accélérateur avaient disparu. La voiture était une calèche à cheval. Il ne reconnut plus ses vêtements. Il était habillé à la mode Louis Philippe avec une ample cravate en foulard et portait des lorgnons et un chapeau. Une chaînette dorée pendait sur son gilet dont l'une des extrémités se réfugiait dans une petite poche où se logeait la montre en or qu'il affectionnait tant et qu'on lui volerait, plus tard, dans un autre siècle. Un cocher à la silhouette féminine assis devant lui tenait fermement les rênes dans sa main gauche et un fouet bien dressé dans l'autre main. Il l'interpella avec une pointe de séduction à peine dissimulée dans la voix :

— Alors Monsieur le Lieutenant, que faisons-nous maintenant ?

Interloqué, et tout à la contemplation de son costume, il répondit presque distraitement :

— Je vous demande pardon, mais qui êtes-vous ... Que se passe-t-il ici ?

De la surprise se manifesta dans la réponse qui ne se fit pas attendre

— Monsieur le lieutenant, ce n'est pas bien de vous moquer de moi. Je suis Alice, votre cocher. Rappelez-vous, dans trois jours, cela fera cinq ans que je vous mène aux quatre coins de la forêt par temps de brume, en habit d'homme évidemment.

— Vous me conduisez donc, mais où cela, demanda-t-il en manifestant son étonnement.

— Voyons, c'est à vous de me le dire, Monsieur le Lieutenant. Il y a trois heures, vous m'avez précipitamment tirée de mon travail aux écuries en me disant d'atteler sans tarder la calèche et de me tenir prête à partir. Lorsque tout fut paré, vous sautâtes littéralement sur le siège comme si vous aviez le diable aux trousses en m'indiquant de prendre la direction de la mer de brume. Nous y sommes maintenant, alors où dois-je vous conduire ?

— La mer de brume ? Laissez-moi une minute Alice... c'est cela Alice ?

— Oui Monsieur le Lieutenant, répondit-elle inquiète, car il ne manifestait pas son habituelle assurance. Se doutait-il qu'elle voulait l'empêcher de quitter ce lac pour le soustraire à la terrible confrontation dont il ne sortirait pas vainqueur ?

Charles essayait de comprendre.

Une forêt noyée dans la brume, voilà pour la mer. Mais qu'était-il venu faire dans cet endroit ? Et pourquoi Alice lui donnait-elle ce grade ou titre de lieutenant ? Il avait bien fait un service militaire dans les années 1980, mais comme simple soldat, refusant jusqu'à la distinction de première classe et les trois francs six sous de solde mensuelle supplémentaire qui lui auraient pourtant été bien utiles pour acheter les mauvaises troupes vendues fort cher qu'il fumait alors, que l'on n'aurait pas osé donner aux soldats de la Grande Guerre. Mais il n'était pas dans cette année, ni même dans ce siècle. Il était dans un temps plus ancien, dans une calèche à cheval menée par une femme se disant son cocher et qui lui rappelait avoir reçu l'ordre de le conduire dans la mer de brume, sans plus de précision.

Alice le tira de ses réflexions :

— Pardonnez-moi, Monsieur le Lieutenant, mais il me faut diriger les chevaux dans quelle direction ?

— Une minute, cocher, dit-il d'un ton un peu sec qui la blessa sans qu'il s'en aperçoive, et il reprit sa réflexion.

Bon, songea-t-il, je suis ici et pas là où il me semble que je devrais être. Je ne vis pourtant pas au dix-neuvième siècle, pour autant que je sache. Il sortit machinalement sa montre de la poche de son gilet tout en jouant avec la chaîne et, regardant le cadran, eut cette surprise qui le laissa sans voix : les aiguilles tournaient dans le sens inverse de celui dans lequel elles étaient supposées se mouvoir. Elles avançaient à reculons, comme l'horloge de la cathédrale de Florence. Son chronomètre était un recule-temps ! Puis, il s'arrêta. Il n'y eut plus de tic-tac.

Alice s'impatientait. Il fallait lui donner rapidement une indication, mais laquelle ? Mais oui, bien sûr, et il lui dit :

— Au même endroit que la dernière fois, Alice.

— Comme hier, demanda-t-elle sans manifester de surprise.

— Oui, exactement.

— Vous savez, Monsieur le Lieutenant, que nous nous dirigeons au bout du sentier, juste après les ronds de brume où sont les choses qui me font peur, là où l'on dit que l'on ne voit ni le ciel ni la terre, où il n'y a qu'un repaire de monstres sanguinaires.

— Oui, répondit-il, je sais tout cela Alice, alors qu'il n'en était pas sûr, et il ajouta : cessez de m'appeler Monsieur le Lieutenant. C'est agaçant à la fin.

— Mais Monsieur... enfin... Charles, balbutia-t-elle, ce n'est pas encore le soir. Je ne peux me permettre en plein jour, même s'il n'y a personne autour de nous.

Il comprit instantanément qu'Alice n'était pas seulement son cocher et en fut troublé. Il n'imaginait pas mener une vie sentimentale discrète, sinon secrète, et fut presque gêné d'avoir mis dans l'embarras celle qui lui disait partager sa vie nocturne et dont il n'avait même pas encore contemplé la nuque masquée par le haut de son habit d'où s'échappaient quelques cheveux rebelles. Il était éclairé sur le choix qu'il avait fait de la prendre pour cocher. Mais que signifiait le titre qu'elle lui donnait ? De quoi était-il lieutenant ?

— Pardonnez-moi Alice, je ne voulais pas vous offenser. Oubliez ce que je viens de vous dire. Je trouve seulement que ce titre d'officier est déplacé.

Elle lui expliqua.

— Vous y tenez pourtant beaucoup à ce titre de lieutenant de la maîtrise des eaux et forêts, pour vous rappeler le temps d'avant la Révolution, le temps...

Elle ne put achever sa phrase. Charles ne comprenait rien à ce discours et chercha à prendre l'initiative.

— Justement Alice, la nostalgie de cette époque me pèse. Je n'occupe plus cette charge. D'ailleurs, plus personne n'assume de telles fonctions. Que diriez-vous, en journée, d'un austère et simple « Monsieur » ?

— Comme il vous plaira, Monsieur le lieut..., Monsieur.

— À la bonne heure, Alice. Sommes-nous encore loin ?

— Je ne sais pas exactement, les frontières de la mer de brume ont encore bougé depuis hier et le sentier n'est plus tout à fait à la même place. Voyez, ces voiles tristes flottant au vent, ils étaient plus éloignés hier et les chevaux semblent perdus. Faut-il vraiment aller au bout du chemin, là où le rien se dispute au rien ?

— Oui.

Qu'il y avait-il donc là-bas qui lui fasse si peur ? Il ne se souvenait plus très bien, mais il savait confusément qu'il y avait quelque chose qu'il avait vu et devait absolument revoir.

Alice ne lui révélerait pas qu'il ne fallait surtout pas courir au-devant de ces apparitions, dernière ligne avant les ronds de brume. Après, il y avait la tanière des démons qui réparaient les recule-temps pour en faire des chronomètres ordinaires.

Alice poussa subitement un cri d'effroi. Elle avait aperçu plusieurs faux fendant les airs dans un sifflement sinistre. Affolée, elle fit faire demi-tour aux chevaux et commença à donner du fouet.

Charles réagit vivement.

— Assez, Alice. Arrêtez, tout de suite.

Le ton autoritaire avec lequel il lui avait parlé produisit l'effet escompté. Alice arrêta net les chevaux.

— Excusez-moi Monsieur dit-elle, tremblante. C'est plus fort que moi, à chaque fois que je les vois. Elles me font si peur, vous comprenez. Ce sont les éclaireurs des bêtes féroces. Il faut s'en aller, vite.

— Mais de quels animaux parlez-vous donc Alice ?

Elle ne pouvait lui révéler la vérité.

Charles était décidé à aller de l'avant, inconscient des risques qu'il prenait :

— Il y a quelque chose là-bas. Je dois savoir. Quittons le chemin et enfonçons-nous dans le sous-bois par ce sentier que j'aperçois à votre droite.

Lui touchant l'épaule d'une main, il joignit le geste à la parole en tendant le bras gauche devant elle pour lui indiquer précisément l'endroit où il voulait aller.

Elle fut effrayée de cette décision. Charles avait-il aperçu la sortie du labyrinthe dans lequel il errait en étant, sans le savoir, protégé des assauts du temps ? Elle ne voulut pas se retourner de crainte de lui révéler ce secret qui s'étiolait. Elle choisit d'exprimer sa peur pour le convaincre de renoncer à son entreprise.

— Mais nous allons les croiser. Il ne faut pas aller vers elles. Elles vont nous faucher.

Charles n'en démordait pas. Il ne voulait plus parcourir sans fin cette mer comme une âme en peine et, tel Sisyphe, s'en retourner à chaque nuit tombée, pour recommencer éternellement cette chevauchée.

Cette obstination l'épouvantait. Elle ne voulait pas le perdre. Elle devait lui dérober son recule-temps pour qu'il ne sache jamais si le temps reprenait sa marche, car elle savait alors qu'il quitterait l'extrémité intérieure de la mer de brume et qu'elle disparaîtrait. Elle se retourna pour le supplier d'une voix presque chancelante, les yeux humides de larmes naissantes :

— Non, Monsieur, il ne faut pas aller plus loin, sinon vous tomberez dans le vide et nous serons séparés. Vous ne le voulez pas. Dites-moi que vous ne le voulez pas et que vous m'aimez plus que votre insatiable curiosité. Nous apercevons déjà les ronds de brume et je devine ces choses que je crains. Cela suffit pour aujourd'hui.

Elle le regardait intensément, mais rien ne pouvait le convaincre d'abandonner son projet.

— Voyons, Alice, calmez-vous. Nous avons déjà fait ce chemin tant et tant de fois sans jamais parvenir vraiment au bout et maintenant que nous touchons au but vous voulez abandonner. Vous voulez vraiment renoncer à savoir ce qu'il y a par-delà la mer de brume ?

Elle ne pouvait lui avouer qu'elle savait ce qu'il y avait et finit par lui demander :

— Vous vous êtes donc lassé de moi pour vouloir à ce point me quitter ?

— Cela suffit maintenant Alice. Faites ce que je vous dis.

Elle se rebella :

— Non, cent fois non.

— C'est une mutinerie ?

— Oui, Charles, gronda-t-elle avec une colère sourde. Je ne vous mènerai pas au bord du précipice pour vous perdre et nous perdre.

Elle voulut rebrousser chemin, mais il était trop tard. Les ronds de brume enveloppaient maintenant l'équipage. Les chevaux n'obéirent pas à l'ordre d'Alice. Ils s'étaient figés. Les rênes s'étaient raidies et elle-même sentit ses membres s'engourdir et une torpeur la gagner. Elle lutta avec la rage du désespoir chevillée au fond d'elle-même.

Un tic-tac retentit du fond de la poche du gilet de Charles, d'abord à peine audible, pour finir par envahir l'espace. Il sortit le chronomètre en l'enfermant dans la paume de sa main, le porta à son oreille droite et entendit le mécanisme qui s'était remis en marche, tandis qu'Alice se battait. Il se défendit de regarder le cadran, craignant soudain de rompre l'envoûtement qui arrêtait la marche du temps, ce qu'il avait pourtant espéré si souvent et qui arrivait enfin.

Alice le regarda et il vit sur son beau visage des larmes couleur pierre accrochées sur ses joues, à mi-chemin de son cou et, au-dessus, son regard plein de désespoir qu'il n'oublierait jamais. Elle ne bougeait plus et le siège sur lequel elle était assise commençait à la ceinturer pour finir par l'absorber tout en changeant de forme.

Il tremblait à l'idée de regarder sa montre qui avait perdu sa chaînette et se trouvait maintenant attachée à son poignet droit par un joli bracelet en cuir. La calèche, qui n'avait plus rien d'une voiture à cheval, n'avançait pas, mais le sentier défilait et il remarqua au loin, au fond d'un tunnel, un rond d'une rare intensité lumineuse, rappelant celui peint en 1450 par Hieronymus Bosch dans l'ascension des bienheureux. Après une forte hésitation, il surmonta ses alarmes et découvrit le cadran de la montre pour voir les aiguilles tourner dans le bon sens. Il quittait la mer de brume. Alice avait échoué. L'occasion qu'elle avait eue d'entrer dans la vie de Charles ne lui avait pas permis de le protéger. La curiosité tellement humaine de celui-ci le menait vers un destin dont elle ne pouvait infléchir le cours.

Chapitre 23 – L'arc-en-ciel

L'épais banc de brouillard s'éloignait rapidement. Charles peinait à se rappeler le temps qu'il avait mis pour le franchir. L'impression d'y être resté prisonnier pendant plusieurs années sans parvenir à s'en échapper l'envahissait, et il se souvenait confusément de la peur qu'un être cher avait éprouvée de le perdre. Il y avait beaucoup de trouble dans son esprit. Le temps s'était-il ralenti ? Il avait entendu parler d'un appareil fantastique appelé le recule-temps qui faisait revivre à son possesseur indéfiniment la même journée. Il s'agissait bien sûr de science-fiction. L'horloge de bord le ramenait à la réalité en lui indiquant que la traversée avait duré à peine vingt minutes. Il ressentait cependant au plus profond de son être l'étrange sensation d'avoir déjà vécu ce qu'il venait de vivre et se demanda s'il s'agissait du fruit de son imagination ou des traces mal effacées de ce qu'il avait réellement vécu.

Sans avoir été sollicitée, Alice interrompit sa réflexion en lui rappelant, bien inutilement, de suivre la route principale. Il n'avait pas l'intention de s'en écarter, mais aurait aimé s'arrêter, car cela faisait maintenant plus de six heures qu'il était parti pour un voyage devant durer une heure trois quarts tout au plus. L'occasion se présenterait, sans doute après le dernier péage. Il y avait une station-service.

À ce moment, un splendide arc-en-ciel se dessina là où il se trouvait pour s'élancer à l'assaut du ciel. Alice lui rappela encore, telle une mégère apprivoisée, de suivre l'itinéraire principal pour le dissuader d'aller vagabonder sur cette superbe courbure, l'une des rares belles choses qu'il avait vues depuis son départ, si sensuelle, presque érotique. Il y avait quelque chose de changé dans la voix de sa compagne électronique, comme pour le mettre en garde, mais il n'y attacha pas d'importance. Il était même excédé par son insistance.

— Va au Diable, Alice, lui cria-t-il, laisse-moi. J'en ai plus qu'assez de toi et, tout en lui coupant le haut-parleur, il contempla le spectacle en se demandant l'effet que cela lui ferait de se promener sur l'arc. À peine l'avait-il imaginé qu'il se retrouva sur sa bordure extérieure rouge sans savoir comment il y était parvenu. Que lui importait, il se sentait libéré du poids de toutes les horreurs rencontrées depuis son départ de Paris. Il n'allait plus voir ces courageux combattants devenus pour les plus chanceux des gueules cassées demandant encore et toujours aux vivants s'ils se souvenaient d'eux, de leurs sacrifices. Il ne verrait plus le doux visage, inoubliable, d'une Sarah fauchée trop jeune par un implacable destin, ne sentirait plus le souffle glacial d'Hadès et n'entendrait plus le sinistre croassement des corbeaux, ni ne verrait de chat injustement réduit à l'état de souvenir pour plaire à une foule vindicative.

Il s'évadait du monde d'en bas et se promenait sur le rouge de l'arc où toutes les choses et les êtres se déclinaient dans les nuances de cette couleur chaude, lui excepté. Les écureuils, d'habitude roux, avaient un teint rouge brique prononcé. Ils se promenaient sur un manteau d'herbe pourpre tout en mangeant des cerises qu'ils faisaient tourner dans leurs petites pattes. Ils le suivaient du regard, plus intrigués qu'inquiets de voir un être au visage pâle dans le premier cercle de l'arc, mais ils retournèrent bien vite à leurs occupations. Le pourpre qu'il foulait sous ses pieds lui rappela l'autorité ayant mené à tant de souffrances et les coquelicots qui perçaient à foison étaient les innombrables gouttes de sang versées par chaque soldat sacrifié dans toutes les guerres. Ces fleurs ne se fanaient jamais et leurs champs écarlates, bordés de chemins en pierre de tomette, s'étendaient à perte de vue. La beauté de l'arc cachait un côté obscur terrifiant. Rester plus longtemps dans la couleur rouge pouvait être dangereux. Il lui fallait fuir.

Il glissa dans la couleur orange peuplée d'oiseaux majestueux aux teintes cuivrées qui l'observèrent pendant plusieurs minutes avec autant de curiosité que de méfiance. Qui était donc cet étrange animal qui n'était même pas orange, n'avait pas de plume et des bras nus pour seules ailes ? Il fallait voir cela de plus près. Ils s'approchèrent prudemment de l'intrus, car il pouvait être dangereux et l'un d'eux l'interpella d'une voix de fausset :

— Qui êtes-vous ?

N'y faisant pas attention, car il ne s'attendait pas à ce qu'un de ces volatiles parle, il ne répondit pas.

L'oiseau prit ce silence pour une offense. Comment un être aussi insignifiant, à la couleur aussi horrible, se permettait-il d'ignorer les habitants du monde dans lequel il s'était introduit sans y avoir été invité ? On n'avait jamais vu cela. S'avançant et lui prenant en tenaille le menton entre deux plumes de son aile droite pour qu'il lève la tête vers lui et le regarde droit dans les yeux, il répéta sa question :

— Qui êtes-vous ?

— Un voyageur, répondit-il, sans comprendre exactement ce qu'on lui voulait.

Il ne put rien ajouter, car il fut aussitôt interrompu :

— Vous mentez. Personne ne voyage dans la couleur orange. Elle est la fusion du rouge et du jaune. Celui qui entre dans l'orange renaît tel un phénix et devient l'un des nôtres pour l'éternité. Vous n'en êtes pas un. Alors qui êtes-vous ? Qui êtes-vous ? Qui êtes-vous, répétait-il inlassablement.

La question raisonnait dans sa tête à la manière d'un écho rebondissant sur une paroi dure comme du granit, jusqu'à ce qu'il fût épuisé à en perdre connaissance.

L'oiseau le lâcha en prenant garde à ce qu'il ne se blesse pas. Qu'allait-on faire de lui ? Il n'avait pas sa place dans l'orange. Une assemblée se réunit sur-le-champ et l'on délibéra longuement. L'intrus ne paraissait pas dangereux. Il était assez frêle, ne pouvait voler et avait des ongles faits d'une corne bien fragile pour lui tenir lieu de griffes. Il était plus encombrant qu'autre chose. Il suffisait de s'en débarrasser. La décision fut prise d'en faire cadeau à la couleur jaune. Elle saurait quoi en faire et il y avait justement une faille qui s'était ouverte.

Son réveil dans le jaune fut pénible. Avec une forte migraine, et chancelant, il reprit une marche mal assurée. Il avait déjà quitté deux univers colorés et se demandait ce que celui-ci allait lui réserver. La teinte ambiante dominante était celle d'un soleil au faîte de sa puissance. Avançant dans un bois de mimosas en écartant les branches basses, il n'en apercevait pas les limites. Ces millions de petites boules odorantes ressemblant chacune à l'astre du jour l'enivraient. Il eut l'idée folle de les organiser et, avec une baguette imaginaire, il les mit aussitôt en musique à la manière d'un brillant chef d'orchestre pour former des galaxies qui pourraient s'emboîter harmonieusement les unes dans les autres. L'œuvre n'était pas achevée qu'il était projeté dans l'une d'elles qui se mourait déjà, son soleil agonisant en une naine blanche d'une luminosité aveuglante. Au-dessus d'elle, il pouvait apercevoir un voile en tissu jaune vénitien masquant un visage ocre fuyant les regards. Le mimosa avait été fauché et, avec sa baguette à terre, brisée, il se retrouvait à côté de la faux d'où tombaient du tranchant des gouttelettes en forme de poire d'un jaune fauve au rythme du tic-tac d'un chronomètre monstrueux qui s'emballait. Une silhouette encagoulée prit fermement la faux pour lui imprimer un mouvement précis de coupe, puis un autre et encore un autre, abattant un à un les mondes imaginaires qu'il avait inventés. Il n'était pas bon de changer l'ordonnancement du jaune en jouant à l'apprenti sorcier. Le Dieu local n'aimait pas qu'on lui vole la vedette. La Faucheuse en avait fini avec son ménage et se dirigeait menaçante vers lui.

Il dut son salut à sa glissade aussi rapide que brutale dans la couleur verte où il errait désormais suivant en cela, méthodiquement, l'ordre des strates de l'arc-en-ciel. Il s'en dégageait une atmosphère sereine. La touche d'absinthe de certaines fougères lui procurait une profonde sensation de paix et il pouvait croire être enfin parvenu dans une partie du paradis où l'injustice et la violence avaient été bannies, lorsqu'au détour d'un bosquet vert jade, il aperçut sur la ligne d'horizon des bâtiments vert-de-gris assez sinistres pour le mettre mal à l'aise. Une voie bordée de séquoias millénaires aux troncs kaki y menait. Il s'approcha et, dans un recoin sombre du portique d'entrée, reconnut sa vieille connaissance la Faucheuse, au garde à faux. Elle veillait sur son contingent d'âmes en partance. Il était écrit que le 1er juillet 1916 serait sa journée. On le lui avait dit en haut lieu et elle s'apprêtait à manœuvrer le treuil du pont-levis pour laisser ces jeunes gens enthousiastes la rejoindre dans de sanglantes épousailles.

Le vert était la couleur de l'optimisme des damnés. Comme prévu, les milliers d'uniformes se précipitèrent dans ses bras, avant de finir dans le rouge et pour seulement quelques rares élus dans l'orange, prisonniers de l'éternité. Charles éprouva de la nausée.

La couleur verte de l'arc-en-ciel était l'éphémère lumière de vies à peine vécues, sacrifiées, que les vivants pouvaient voir, mais ne devaient pas explorer. Charles n'aurait jamais dû l'arpenter et on allait s'apercevoir de sa présence. Il lui fallait à nouveau fuir en courant sur un gazon naturellement vert anglais. Après quelques minutes d'une course folle, à bout de souffle, il s'arrêta et se pencha les mains posées en appui sur ses genoux, tout en respirant bruyamment. Au moment de se relever, il sut que son sort serait celui d'un damné s'il demeurait dans cette couleur. Il se sauva en direction de la couleur bleue.

Il n'eut rien à faire de spécial pour y accéder. Le simple désir de s'y rendre avait suffi pour l'y propulser. Le bleu azur du haut se disputait la place avec un bleu nuit dans un relief aux contours imprécis laissant entrevoir en bas une banquise aigue-marine. Il faisait froid et son pauvre costume de demi-saison ne lui offrait pas une grande protection. Il se frotta les mains devant la bouche en soufflant pour se réchauffer, mais ne sentit que sa propre respiration gelée. Il regretta de n'avoir pas écouté Alice. Elle avait eu raison lorsqu'elle avait cherché à le dissuader de s'aventurer dans ces mondes où la souffrance et la mort régnaient sans partage. Le souffle de l'enfer se faisant à nouveau sentir sur sa nuque, son estomac se noua. Il allait geler sur place, car il n'y avait pas de faucon dans cet univers de glace pour venir à son secours. Il semblait d'ailleurs ne pas y avoir âme qui vive dans cet endroit désolé, mais, en cherchant bien, il aperçut un bon gros phoque barbu allongé se chauffant au soleil qui lui fit signe de s'approcher.

Il s'ennuyait, car personne ne venait jamais dans le bleu, sauf pour y être figé à jamais en rêvant de la couleur orange. Incorrigible bavard et merveilleux conteur, il était toujours désespérément à la recherche d'un public. Il n'allait pas laisser passer l'occasion et il était aussi impatient de savoir pourquoi ce visiteur inattendu n'avait pas été figé sur place.

— Que venez-vous faire dans le bleu, demanda-t-il en s'ébrouant de son imposante masse pour manifester sa joie de parler enfin à un autre que lui-même.

— Je me promène. Je passe d'une couleur dans une autre.

Le phoque s'étonna, rit de bon cœur jusqu'à s'en étrangler et, lorsqu'il parvint enfin à se reprendre, agita ses moustaches de bas en haut pour mieux réfléchir.

— Voilà qui est singulier. Il n'y a rien de bon dans aucune couleur pour un vivant comme vous semblez l'être, car vous êtes bien vivant n'est-ce pas ?

Il n'en était tout d'un coup pas bien certain, mais répondit quand même :

— Oui, enfin, je crois.

— Qu'est-ce qui peut bien vous faire dire que vous êtes vivant ? demanda l'éléphant de mer tout en cherchant à se retourner sur lui-même sans y parvenir.

— J'ai froid et je vous parle. Voilà deux bonnes raisons pour se croire vivant, répondit-il avec assurance.

— Savez-vous que vous vous adressez à un phoque barbu qui vous parle ?

— Oui. J'ai vu des photographies de vous dans des revues et même un documentaire télévisé il y a quelques mois. Alors vous pensez si je vous reconnais.

— Et cela ne vous trouble pas ? Dans le monde d'en bas, les animaux ne parlent pas aux humains. Ils ne sont pas fous. Ils seraient exterminés aussitôt. Ici, ce sont peut-être les humains vivants qui ne sont pas les bienvenus. Y avez-vous songé ? Le jaune a horreur que l'on vienne saccager ses bois de mimosas, vous savez.

— Maintenant que vous le dites. C'est vrai que je ne me souviens pas avoir engagé une conversation avec un mammifère comme vous ni avec aucun autre animal d'ailleurs et j'ai pu me rendre compte que le jaune n'aimait pas qu'on le dérange. Mais est-ce si bizarre tout cela ? Je ne suis plus dans la ville basse, n'est-ce pas ? Je suis bien en promenade sur l'arc-en-ciel.

— Vous l'êtes assurément, mais n'oubliez pas qu'il vous reste deux couleurs à explorer et que l'arc est éphémère. Que se passerait-il si vous étiez encore dessus avant d'avoir achevé votre périple lorsqu'il disparaîtra ?

— Ventrebleu, s'écria-t-il, en transpirant de frayeur, je n'y avais pas pensé.

Il était inquiet et toujours frigorifié. Retomberait-il brutalement sur terre ou serait-il absorbé dans l'une des couleurs dont aucune de celles qu'il avait déjà visitées ne voulait de lui ?

Le phoque ne s'était pas autant amusé depuis la dernière fois qu'il avait pu tenir une conversation. Cela faisait, voyons, deux, non trois ans au moins, que son arc-en-ciel n'était plus apparu. Il avait eu le temps de méditer sur sa banquise. Son visiteur demanda ce qu'il allait devenir et il lui répondit :

— Vous pouvez rester chez moi si vous le voulez. Vous ne semblez pas vous figer, même si vous me paraissez tout bleu.

Et il pouffa de rire en répétant qu'il paraissait tout bleu. Il finit par ajouter, après s'être à nouveau étranglé :

— Vous pouvez rester parce que le bleu semble vous adopter. Il vous faudra une fourrure, mais cela n'a rien d'impossible. Je dois bien pouvoir vous trouver cela.

— Mais que ferais-je dans le bleu ?

Alors changeant d'attitude du tout au tout, quittant l'air affable affiché jusque là, le phoque barbu dont la gueule se mit à ressembler à celle d'un chien sauvage, lui dit sur un ton effrayant :

— Vous m'écouterez vous raconter le début et la fin de votre monde et, croyez-moi, cela vaut l'éternité en enfer.

Il ne riait plus du tout.

Charles comprit qu'il parlait à Cerbère qui s'était déguisé et chercha le salut dans une fuite vers l'indigo.

Selon la légende, Dieu se reposa le septième jour, mais nul ne sut jamais si l'indigo méritait vraiment d'être la septième couleur de l'arc et il sentait encore l'haleine de Cerbère sur son cou lorsqu'il parvint à s'y réfugier. Il ne devait pas s'y attarder et il rejoignit rapidement le violet pour se mettre à l'abri.

Il était parvenu sur la dernière courbure intérieure de l'arc qui se déformait imperceptiblement. Il se crut pourtant protégé en s'imaginant être retourné à son âge romantique, mais, de là où il était, il ne contemplait aucun quartier de lune. Le ciel avait pris la couleur rouge d'un coucher de soleil et s'assombrissait. Il redescendait en titubant vers la terre en direction d'un imposant portique, sans savoir s'il s'agissait de la sortie ou d'un passage vers un monde souterrain. L'arc craquait de partout en se contractant de plus en plus et l'orange et le jaune avaient déjà fusionné. La Faucheuse du vert avait accueilli en son sein sa collègue du jaune qui lui avait demandé asile. Toutes deux redoutaient de disparaître avec leur monde et se mirent à prier.

Répondant à cette supplique, un évêque tout de violet vêtu, brandissant sa crosse pour haranguer une foule qui n'existait pas, apparut soudainement et prit Charles à parti en hurlant tel un possédé :

— Repentez-vous, repentez-vous, pauvre pêcheur, la fin est proche.

Charles sourit en voyant approcher ce prédicateur un peu fou, mais, le prenant au mot, se repentit d'avoir visité les couleurs de l'arc. Ce n'était évidemment pas le sens de l'interpellation de l'homme d'Église qui récitait inlassablement la même phrase, comme Alice le faisait avec la sienne. Il gesticulait tellement en levant les bras vers le ciel qu'il laissait entrevoir ses longues chaussettes. Et, là, surprise. Elles n'étaient pas uniformément violettes. Elles étaient multicolores, à rayures rouge, orange, jaune, verte, bleue, et indigo. La fantaisie allait jusqu'à l'impression de dessins. Une effigie de phoque s'inscrivait sur le bleu et des faux étaient disséminées dans le jaune et le vert. L'arc-en-ciel dont la fin était proche avait commencé à se réfugier dans les chaussettes du saint homme qui devait savoir de quoi il parlait en annonçant la fin du monde. Il exigeait toujours la repentance tel Savonarole arpentant les rues de Florence accompagné de diablotins déguisés en tire-laine.

La sonnerie d'un téléphone interrompit son prêche et lui fit aussitôt mettre la main droite sur sa hanche pour s'assurer qu'il s'agissait de son appareil. Son habit le gêna considérablement, tout comme sa crosse. Le téléphone était en dessous de sa chasuble qui traînait dans le violet lorsqu'il baissait les bras. Il fallait la remonter, mais discrètement, pour s'emparer du boîtier bruyant, tout en préservant sa dignité. Peu habitué à se contorsionner en présence de l'une de ses brebis, il se dissimula dans un repli du violet qui continuait à se rétrécir et bafouilla deux ou trois mots incompréhensibles. À l'abri des regards, il souleva d'un mouvement vif sa chasuble laissant apparaître un short bermuda aux motifs inattendus pour un vicaire du Christ et le téléphone dernier modèle qui dépassait d'une poche qu'une diablesse de la mode avait décidé de dessiner trop petite. Il chercha à s'emparer de l'appareil qui sonnait toujours avec insistance lorsqu'il fit choir sa crosse et glissa sur une petite flaque d'indigo qui traînait. Il tomba en essayant de rattraper sa mitre et le téléphone. La mitre fut perdue et le téléphone sauvé. Il était à terre avec une tête ébouriffée et un téléphone dans la main qu'il portait à son oreille droite en appuyant sur la touche pour prendre la communication avec le sourire béat d'un joueur de football qui avait enfin marqué un but.

C'était le Grand Patron. Au son de sa voix grave sortant du haut-parleur, il ne fallait pas être grand clerc pour comprendre qu'il n'était pas content :

— Allo, l'évêque ?

— Oui, répondit-il, tout tremblant.

— Bon sang, mais à quoi jouez-vous, mon vieux ? On n'annonce pas comme cela la fin du monde sur un arc-en-ciel qui se replie. Vous allez faire fuir votre seul client, déjà que les affaires ne sont pas brillantes ces temps-ci. C'est à croire que vous voulez que je dépose le bilan.

Il s'était relevé et le rouge de la confusion envahissant son visage était à peine atténué par le violet de ses habits. Il ne savait que trop bien qu'il n'avait pas rempli ses objectifs du mois. Il s'était aventuré là où il pensait trouver des âmes suffisamment effrayées pour leur faire signer son pacte. Méphistophélès n'avait pas le monopole de la plume d'oie et du parchemin. Il voulut justifier sa stratégie.

— Justement, j'attire à moi le seul client de cette contrée désolée. Puisque l'arc s'effondre, je peux lui vendre notre assurance décès. C'est sa seule issue. Son nom est déjà inscrit sur le contrat. Voyez, tout est prêt. Il ne manque que sa signature, une formalité. Mais, mais… où l'ai-je fourré ?

Il chercha fébrilement dans les plis de sa chasuble et s'affola. Il avait perdu ce papier et il n'y en avait qu'un par âme à cueillir. Soupirant de dépit, son Patron lui dit alors :

— Vous conjuguez comme jamais on ne le fit la bêtise avec une incompétence abyssale. Je vais vous licencier sur-le-champ et vous irez voir si le Diable recrute un si piètre représentant, même s'il est toujours à court de personnel.

Il tomba à genoux en implorant dans une messe basse :

— Laissez-moi encore une chance, une toute petite chance. Je vais retrouver le parchemin et le faire signer.

Subitement, sans crier gare, il interrompit sa prière et se releva en tenant son vêtement de sa seule main libre pour courir aussi vite qu'il le put après ce qui ressemblait à un papier ballotté par ce qui tenait lieu de vent dans le violet. Il s'agissait seulement du battement d'ailes d'un rouge-gorge mutant qui s'était échappé in extremis de l'orange. Il plongea la tête la première dans le portique qui s'ouvrait pour l'accueillir dans le monde souterrain. Il venait d'être licencié !

L'arc-en-ciel n'avait pas fait un choix bien judicieux en se réfugiant dans les chaussettes de l'évêque. Il fut entraîné dans sa chute et seul le rouge-gorge en réchappa, trouvant un perchoir réconfortant sur l'épaule du promeneur inconscient qui, hébété, sortait aussi miraculeusement de l'aventure.

Chapitre 24 – Le papier musique

Charles regarda le rouge-gorge à l'allure bizarre posé sur l'avant du capot de la voiture s'envoler et se perdre dans un rapide battement d'ailes sur la ligne d'horizon. Ce qu'il avait vu dans ces mondes incertains l'avait profondément marqué. Pour oublier et préserver ce qui lui restait de raison, il chercha un refuge dans la musique. Sans y faire attention en allumant le lecteur de disque, il mit le Requiem de Mozart et força le volume. La sélection de cette messe était une bien curieuse coïncidence. Il repensa à l'évêque défroqué, expédié manu militari, sans absolution ni pardon, chez ce diable de concurrent où il aurait sans doute plus d'avenir dans le même travail, mais sous un autre uniforme. Il était presque peiné pour ce malheureux préposé aux pactes de sang qui avait eu la malchance de l'avoir pour dernier client, lui qui ne croyait ni en Dieu ni en ses religions et n'aurait pas dépensé un penny pour une indulgence.

Apostat pour l'éternité, il glissait pourtant sur un papier musique en vélin constellé de notes d'une intense religiosité dont il accompagnait le rythme d'un mouvement circulaire des doigts parfaitement synchronisé avec le chant. Devant lui, les deux bandes de bitume et les rails de sécurité figés de chaque côté étaient devenus quatre lignes noires droites et rigides imprimées sur un papier délicat au fond jauni par le temps qui se dépliait à mesure qu'il avançait. En marge, de superbes enluminures se devinaient. Sur la droite, enlacé dans des rubans de fleurs aux couleurs bleu roi tirant sur le maya, mélangé d'acajou, un ange en lévitation jouait de la trompette pour accompagner le développement de la partition pendant que, dans sa course, la lune commençait à faire écran à l'astre du jour.

La machine à avancer peinait à trouver sa place entre les croches qu'elle devait éviter pour ne pas briser la beauté du tempo, mais, à la fin du Kyrie, elle ne put les éviter toutes tant elles étaient nombreuses. Alors l'ange se trompa et la multitude des soldats morts ne s'assembla pas. Il était pourtant l'heure, car l'éclipse de Soleil était à son zénith. L'ange s'était mis à la poursuite d'une noire oubliée qu'il devait absolument remettre à sa place pour la jouer. Qui était donc cet importun qui venait perturber l'ordre immuable de la partition ?

Un autre ange vint en renfort sur la troisième ligne. Il le vit et ne sachant quoi faire, ne fit rien. La trompette résonna fort et des silences troublés se bousculèrent. La messe en fut toute chamboulée et la partition se vida. Les anges furent emportés dans la tourmente qu'il n'avait pas voulu déclencher. Il se retrouvait seul, dans l'ombre de l'éclipse, glissant sur le papier musique désormais vierge d'où plus aucun son ne sortait. Le disque s'était coincé dans le lecteur.

Charles bascula le sélecteur de l'appareil sur la fonction radio. Elle diffusait le quatuor à corde en ré mineur La jeune fille et la Mort de Schubert. Le papier s'emplit aussitôt de noires, croches, doubles croches et autres symboles qu'il faillit percuter avant qu'elles ne quittent la partition, une fois jouées. Heureusement, la création d'une cinquième ligne permit de mieux manœuvrer. La jeune fille surgit inopinément devant lui, de l'espace situé entre les troisième et quatrième traits. Son visage rappelait étrangement celui de Sarah, mais ce n'était pas elle. À peine âgée de vingt ans, avec des cheveux courts et habillée de jolis vêtements de printemps, elle dansait gracieusement sur les premières mesures de la partition, effleurant chaque note avec délicatesse. La danse ne semblait pas avoir de fin, mais la ballerine, déjà un peu plus vieille, buta sur une croche et faillit perdre l'équilibre au moment où un drapé noir surgissait entre les première et deuxième lignes. Elle ne fit pas attention et ne la remarqua pas.

La femme ayant atteint l'âge mûr sautillait encore de ligne en ligne, mais elle trébuchait de plus en plus souvent. Son visage se creusait de rides à mesure que la Faucheuse se matérialisait sans chercher à se cacher. D'abord gauche, celle-ci gagnait en vigueur et entreprit de chevaucher la partition sur une triple croche qui ne la supporta pas. Elle chut sous le poids des morts dans l'interligne et son voile tomba sur ses épaules squelettiques. Elle le replaça aussitôt, car elle ne supportait pas d'être dévisagée. Elle se releva facilement sans perdre de vue sa victime qui s'essoufflait et bondit de noire en noire en prenant soin d'éviter les blanches qu'elle craignait. Elle se rapprochait de sa proie en fauchant toutes les notes légères qui passaient à sa portée. La belle jeune fille s'était voûtée et serrait dans ses mains tremblantes chaque note qu'elle pouvait encore saisir tel un souffle de vie, tout en avançant clopin-clopant, apercevant sa jeunesse passée dans les orbites de la Faucheuse dressée devant elle, triomphante. Les notes au-devant se faisaient rares. Il ne fut pas difficile de cueillir cette vie qui tombait de l'arbre tel un fruit blet.

« Notre programme se poursuit avec la célèbre Pavane pour une infante défunte jouée par Maurice Ravel lui-même, retrouvée gravée sur rouleau d'époque. »

Il ne fallut pas longtemps pour que le papier musique se remplisse à nouveau de notes mal dessinées, pleines de défauts, dont quelques-unes s'effaçaient avant même d'être jouées. Le lent tempo avait quelque chose de poignant. La princesse vit le jour sur la troisième ligne en traînant sa mélancolie sur la partition dans un mouvement si lent que la Faucheuse s'endormit. La partition s'interrompit brusquement.

Le speaker expliqua que la durée d'enregistrement sur le rouleau de cire était trop courte et annonça que la Danse macabre de Camille Saint-Saëns clôturerait cette première partie de l'après-midi.

Il roulait sur la ligne du haut contemplant la salle de bal enfermée dans une large suite de doubles croches qui se remplissait. Sa vieille connaissance était sur le dessus du trait du bas. Elle avait troqué sa faux un peu rouillée et mal nettoyée pour un Stradivarius. Rien n'était trop beau pour elle. Impatiente, elle cherchait dans un ample mouvement de tête les invités qui tardaient à rejoindre la piste. Les défunts aux crânes décharnés dissimulés sous des masques de carnaval de Venise surgissaient timidement du dessous du premier trait et se mirent à entrer dans la ronde. La Faucheuse comptait sa moisson de la veille et semblait satisfaite. Elle se mit à passer d'une ligne à l'autre pour collectionner les noires en suivant méthodiquement l'écriture, mais elle fut bientôt lasse de son rôle d'exécutante et voulut prendre des initiatives. Pour cela, il lui fallait passer la frontière qui la séparait des vivants et se diriger vers le levant, au-delà du troisième trait.

Saint-Saëns n'avait pas prévu cette variante et la Faucheuse ne savait pas trop si son employeur aurait approuvé cette improvisation. Elle prit le risque de se lancer, sans trop d'hésitation. Il est vrai que c'était dans sa nature. Alors commença la partie de cache-cache la plus hallucinante de l'histoire de la musique. Après avoir récupéré sa faux qui n'était jamais bien loin, laissant à un sous-fifre le violon, elle se mit en embuscade derrière une noire de la deuxième ligne du haut, mais il était au-dessus et le couperet rata sa cible, égratignant seulement au passage un accord. Elle ne se découragea pas, car elle voulait l'accrocher à son tableau de chasse. Pendant que le bal masqué envahissait l'espace en bas dans un tourbillon de jupons, elle se faufilait discrètement pour atteindre le haut d'une double croche, mais, dans sa précipitation, s'emmêla la faux dans la liaison et la fausse note la fit choir. Elle jura en se relevant pendant qu'il la dépassait sans la voir. Elle courut de croche en croche pour préparer un nouveau traquenard, mais les soupirs étaient nombreux et elle redoutait les blanches transparentes. Il fallait faire vite, car la danse n'était pas éternelle et sa proie finirait par comprendre la raison des fausses notes à répétition. Jouant son va tout, elle se jetterait sur l'automobile pour la faire tomber dans l'espace entre les lignes. Puis, usant de sa faux à l'envers dans un habile mouvement, elle trancherait le cou de Charles et l'affaire serait réglée, ni vu ni connu.

Alors qu'elle se préparait fébrilement, elle sentit qu'on tirait sa toge. Le sous-fifre, stagiaire craintif, la rappelait pour le final. Il fut l'innocente victime du coup qu'il déclencha. Morbleu, dit la Faucheuse, embarrassée d'avoir ainsi occis son apprenti. Elle aurait des comptes à rendre. Il valait mieux qu'elle rejoigne la fosse d'orchestre et reprenne son jeu, comme si de rien n'était, pour achever les derniers accords. Elle trouverait bien une explication le moment venu et reviendrait plus tard accomplir sa besogne. En attendant, les invités étaient fatigués et le temps de conclure était venu.

« Après une page de publicité, nous reprendrons notre programme avec une version inédite de la chanson anglaise Greensleeves. »

La Faucheuse, qui venait de convaincre son supérieur que la crise du personnel s'aggravait par une démission aussi soudaine qu'inattendue, y vit une occasion trop belle pour ne pas la saisir. Elle tenait sa revanche. Ses fiches lui apprenaient que le client qu'elle avait laissé s'échapper était un romantique susceptible d'être envoûté par la magie de la chanson. Elle l'attaquerait à coup de fausses notes, puis l'achèverait rapidement pour qu'on ne la remarque pas et s'éclipserait, comme à son habitude, son forfait accompli.

Elle se mit en position et rassembla ses munitions. L'effet de surprise fut raté. Des grésillements inattendus alertèrent Charles qui prit la mesure du danger et descendit sans hésitation sur la troisième ligne où étaient rangés d'innombrables soupirs. La Faucheuse prit l'initiative par un bombardement intensif. Le vivant faillit perdre l'équilibre sous la violence du choc. La douce mélodie laissait la place à un concert d'instruments désaccordés. Il contre-attaqua par un vigoureux jet de silences qui déstabilisa l'assaillant. Les forces en présence étaient égales et l'issue du combat fut incertaine pendant un temps, mais la mort gagnait du terrain. Il serait bientôt submergé par le nombre de mauvaises noires et de croches infâmes qu'il entendait quand le système de recherche automatique des stations de la radio substitua un nouvel émetteur à celui qu'il écoutait. Il n'y eut plus qu'une musique contemporaine que la Faucheuse fuyait aussi. De façon aussi inattendue qu'inespérée, c'est par ces accords étranges qu'elle fut vaincue.

En sueur à l'issue du combat, il coupa la radio et l'autoroute reprit aussitôt son aspect normal. Cette promenade musicale lui avait révélé le talon d'Achille de son terrible adversaire. Il craignait les sonorités inhumaines que certains compositeurs imaginaient sans même se rendre compte du pouvoir qui était le leur. Tout n'était pas perdu et il avait enfin trouvé une arme efficace. Il saurait se défendre la prochaine fois. Il y avait enfin de l'espoir.

Un panneau à peine visible annonçait le troisième péage dans une quinzaine de kilomètres. Une vingtaine de minutes serait nécessaire pour y parvenir, ce qui le mènerait vers la demie des trois heures de l'après-midi. Il ne ferait pas encore nuit.

Chapitre 25 – Le troisième péage

Le dernier péage avant les faubourgs de Reims n'était plus très éloigné et Charles était impatient de l'atteindre. Il se voyait déjà fêter sa victoire par une visite de la cathédrale qu'il n'avait jamais pris le temps de découvrir, suivie d'un souper aux Crayères. Cette perspective le ragaillardit.

La route était étonnamment tranquille et il flottait dans l'air une odeur d'amande amère. Il crut un bref instant que la fin du voyage ne réserverait pas d'autres surprises, mais l'éclipse de Soleil qui ne se terminait pas lui fit rapidement perdre ses illusions. Elle réduisait la clarté du jour au point que les phares de la voiture s'allumèrent automatiquement. Leur puissance lui permit de ne pas ralentir l'allure. Il interrogea l'ordinateur de bord avec une pointe d'ironie dans la voix :

— Alors Alice, n'as-tu pas d'annonce à me faire ?

Pour toute réponse, la ventilation du chauffage tomba en panne et il se forma un nuage de buée qui envahit rapidement l'habitacle, attiré par le pare-brise en dégageant une douce moiteur. Ce nuage semblait chuchoter à son oreille en lui rappelant son visiteur matinal du siège passager. Intrigué, et sentant confusément une présence, il alluma la liseuse droite et le faisceau de lumière crue jaillissant de l'ampoule heurta une silhouette à moitié translucide aux traits vaguement humains. L'inconnu du siège passager était revenu et s'amusait de la situation en prenant des formes grotesques. Il se dilatait pour s'aplatir sur toute la surface du verre en l'opacifiant. La rapide ouverture de la fenêtre côté passager surprit l'impertinent visiteur qui fut expulsé. Il rejoignit la cohorte des sans-abri voués à effrayer tout ce qui passait à leur portée sans jamais avoir un petit chez-soi.

Sitôt la fenêtre refermée, Charles regretta son geste accompli sans trop réfléchir aux conséquences. De manière incompréhensible, il avait chassé l'ami qui l'avait prévenu de l'accident et avait été son ange gardien en le sauvant avec l'aide du faucon des griffes de Cerbère. Comme il venait de le faire de ses yeux trop humides, il essuya avec le mouchoir qu'il avait tiré de la poche de son pantalon le pare-brise sur lequel des traces disgracieuses apparaissaient entre deux auréoles de buée. En se penchant vers sa droite afin d'élargir son entreprise de nettoyage, il frissonna comme s'il avait effleuré la peau de quelqu'un qu'il aurait voulu séduire. L'esquisse d'un visage diaphane lui souriait gentiment. « Il » était revenu. Il ne s'était jamais senti si heureux et qu'importait s'il ne s'agissait que d'une illusion.

La ventilation s'était remise en marche et l'atmosphère fut rapidement assainie. Il n'était plus qu'à quelques centaines de mètres du péage du soir. Les balises de signalisation ne fonctionnaient pas et les barrières étaient toutes levées. Les quelques véhicules qui le précédaient ne s'arrêtaient pas pour acquitter le droit de passage. Les agents de la société d'exploitation avaient décidé un arrêt de travail sans préavis et le passage était gratuit, mais il s'avança prudemment. La grève-surprise pouvait cesser aussi soudainement qu'elle avait débuté, même s'il ne décelait aucun signe avant-coureur.

Il fut bien inspiré, car, à son approche dans la file réservée aux porteurs d'un badge électronique, la barrière retomba brutalement et seul un freinage énergique lui évita l'accident. La Faucheuse passait à l'offensive. Son voisin lui confirma qu'elle voulait l'empêcher de quitter l'autoroute où il lui était facile d'accomplir son ouvrage sans trop attirer l'attention sur elle, tout en bénéficiant de l'effet de surprise. Nombre de ses victimes ne se rendaient même pas compte de ce qui leur arrivait. Ce n'est pas qu'elle n'aimait pas faire souffrir de temps à autre, même si ce n'était pas dans sa nature, mais ces petits plaisirs affectaient sa rentabilité et elle avait des comptes à rendre. Charles devait donc sortir du piège au plus vite. Le badge autoroutier qu'il brandissait à nouveau en l'agitant dans tous les sens n'étant d'aucune efficacité, il recula et s'engagea dans une autre file, mais la barrière descendit également pour lui interdire le passage. L'automate refusait un paiement par carte ou par monnaie. Il était prisonnier et commençait à s'affoler. Le visiteur du siège passager le calma et lui redonna confiance. Il lui affirma tout bas pour ne pas attirer l'attention sur lui :

— Tu peux passer. Tu peux la vaincre.

— Comment ?

— Mets de la musique.

— Quelle musique ?

— Tu sais bien, celle que tu n'aimes pas et qu'elle déteste aussi. Tu la supporteras, elle aura encore peur et te laissera passer.

— Mais je n'ai pas de disque de musique contemporaine.

— Il y a bien une station qui en diffuse. Allume la radio.

N'ayant rien à perdre à essayer, il s'exécuta, mais aucun son ne sortit de l'appareil. La Faucheuse avait aussi perturbé le fonctionnement de l'électronique de bord. Alice disait n'importe quoi, la carte défilait sans raison et la flèche de direction oscillait dans un mouvement chaotique, telle l'aiguille d'une boussole ayant perdu le nord. Alors qu'il avait échappé à tous les pièges qui lui avaient été tendus, il allait succomber à cause d'une machine rendue folle par une interférence surnaturelle dans sa programmation si sophistiquée. Il était vaincu par la machine qui devait le sauver. Le visiteur, peu familier avec la haute technologie, était à court d'idées. La barrière restait baissée et il n'était pas question de la forcer. Il s'exclama :

— Triple zéro ! C'est cela, triple zéro.

— Quoi ? demanda le visiteur du siège passager qui ne comprit pas.

— Triple zéro, trois zéros, c'est le code-usine pour initialiser Alice. Je vais reprogrammer l'ordinateur et la radio fonctionnera à nouveau.

Il accéda à la fenêtre de l'avant-premier jour des machines et inséra le code, sans que la Faucheuse puisse l'en empêcher. Comme prévu, la radio s'alluma, mais elle captait un émetteur diffusant des variétés peu dangereuses pour l'esprit. À tâtons, il finit par repérer une obscure station thématique annonçant un programme de musique d'art et d'essai très contemporains. Il força le volume et la barrière se leva.

Il remit le contact et démarra en trombe.

Chapitre 26 – Marie

Il était presque seize heures lorsqu'il laissa derrière lui le péage abandonné dans la lumière tamisée de l'éclipse qui s'était installée durablement. La terre n'avait pas oublié de tourner, mais la lune n'avait pas l'intention de quitter le bain de soleil qu'elle prenait pour réchauffer sa vieille carcasse de face cachée. Il arriverait dans peu de temps, après s'être arrêté quelques minutes à la prochaine station-service pour se dégourdir les jambes et refaire le plein de carburant, car il n'aimait pas que la jauge soit trop basse. La conversation joyeuse reprise avec son visiteur du siège passager battait son plein. Ils se félicitaient de leur victoire sur la Faucheuse. Alice voulut s'immiscer dans la discussion, mais il lui était difficile de placer ses réparties préprogrammées qu'elle ne pouvait modifier et, de guerre lasse, finit par se mettre en veille.

La station-service en vue lui fit penser à une oasis du désert. Il mit son clignotant et s'engagea sur la bretelle d'accès sans tenir compte des avertissements de son hôte qui lui déconseillait de s'y arrêter. Un rapace ébloui par l'éclat de la lumière des phares obéit à son instinct et plongea vers le sol à la recherche d'une protection. Mal lui en prit, il percuta la calandre dans un bruit étouffé et ne survécut pas au choc.

Il arrivait sur le parking d'entrée de la station constellé d'ornières et encombré de détritus en tout genre. Des monticules de gravats de différentes tailles et de toutes sortes ressemblant pour certains à des maquettes de terrils rendaient inaccessibles de nombreuses places de stationnement. La boutique était fermée. Certains stores étaient à moitié baissés et plusieurs vitres revêtues d'une épaisse couche de crasse. L'enseigne au néon éteinte voulait se décrocher et tomber. Un grillage maillé, découpé par endroits, défendait l'accès aux pompes à carburants et un chien cherchait sa pitance dans un lot de poubelles renversées ne contenant plus rien de mangeable, même pour un animal. À l'arrière du bâtiment, des engins de travaux publics étaient alignés telles des voitures de course disposées sur la grille de départ dans l'attente du signal pour s'élancer à l'assaut du bitume. La station-service était en cours de rénovation, sans être fermée aux usagers. Un pareil oubli était inimaginable, mais, somme toute, ne l'étonnait pas. Il avait pu vérifier depuis ce matin le laxisme dont la société d'exploitation autoroutière faisait preuve dans sa gestion de ses équipements.

Il interrogea d'un bref regard son visiteur du siège passager et, comme il ne le vit plus, crut qu'il s'en était allé. Il était pourtant toujours là, mais, à l'idée d'un arrêt dans ce lieu, il était devenu transparent tant il avait blêmi. Il ne fallait surtout pas s'arrêter à cet endroit. Il avait essayé de le dire.

La voiture trouva difficilement une place devant le bâtiment décrépi à côté de véhicules à l'aspect de « grosses Américaines » des années soixante qui évoquaient des paquebots dont le mouvement de roulis donnait à coup sûr le mal de mer. Leur présence en Champagne était inattendue.

On en voyait plus souvent à Cuba que sur l'autoroute de l'Est. Ces engins archaïques à l'esthétique douteuse paraissaient abandonnés, mais ils avaient sans doute été laissés sur place par des employés de l'entreprise de travaux publics chargée de moderniser la station-service. Convaincu par cette explication, il ne leur prêta plus d'attention. Sitôt le contact coupé, il voulut sortir pour constater les dégâts que l'oiseau avait faits à la calandre lorsqu'il l'avait percutée, mais n'en eut pas le temps. On venait de frapper à la vitre côté passager et, comme il ne s'y attendait pas, il resta pétrifié, sans rien oser faire ou dire. On frappa à nouveau avec insistance sur le même carreau. Il entendit une voix féminine demander :

— Monsieur ? S'il vous plaît, Monsieur. S'il vous plaît.

Son regard traversa littéralement le visiteur du siège passager qui avait deviné que la vitre allait s'ouvrir. Il voulut l'empêcher dans une débauche gestuelle, mais restait invisible. Son protégé allait commettre l'irréparable. Il décida de violer encore l'interdiction formelle qui lui était faite de parler, mais fut pris de court. La vitre s'entrouvrit et il fut une nouvelle fois projeté vers l'extérieur. Il réussit à s'agripper à la ceinture de sécurité et réclama qu'on referme vite la fenêtre, mais la voix du dehors couvrait tout autre son. Elle suppliait presque :

— S'il vous plaît, Monsieur ! S'il vous plaît, Monsieur !

— Quoi ? Qui êtes-vous ? Que voulez-vous ?

— Pardonnez-moi Monsieur, je n'entends pas bien. Ouvrez davantage la fenêtre, s'il vous plaît.

— Non, surtout pas, hurla le visiteur du siège, déjà à moitié dehors qui sentait la ceinture de sécurité lui glisser des doigts. Ne la laisse pas entrer. Elle n'est pas celle que tu crois. Souviens-toi, souviens-toi, il y a quelques heures… Ces paroles inaudibles se perdirent.

Hésitant, il entrouvrit néanmoins un peu plus la fenêtre et sentit l'air de l'habitacle s'échapper. Il ne pensa pas un instant qu'il venait aussi de sacrifier l'ami qui aurait encore pu le sauver. Celui-ci ne reviendrait pas des ornières du chantier peuplées de mauvaises âmes où il avait été précipité. Cerbère y veillerait. La femme avait suivi attentivement l'exfiltration et s'en réjouit sans rien laisser paraître. La voie était libre et elle se fit plus explicite :

— S'il vous plaît Monsieur, je suis en panne. J'ai besoin d'aide, mais il n'y a personne dans cette station-service.

— Oui, je sais, répondit-il sèchement.

— Vous allez m'aider, n'est-ce pas ?

— Vous n'avez pas téléphoné pour appeler de l'aide ?

— J'aurais bien voulu, mais mon appareil est tombé et s'est cassé. Impossible de m'en servir.

Pour preuve de ce qu'elle avançait, elle exhiba un boîtier bosselé ressemblant à l'un de ces appareils modernes dépourvus de charme dont l'écran était fendu. Il ne savait pas trop s'il devait la croire. Méfiant, il lui demanda où était sa voiture.

— Juste un peu plus loin, à quelques mètres de la guérite des pompistes. Vous ne la voyez pas ?

— Non, effectivement, je ne la vois pas.

— Elle est pourtant bien là, à contre-jour. Je crois que le moteur est cassé. Il est impossible de démarrer. Vous allez m'aider n'est-ce pas ? Vous n'allez pas me laisser ici dans cet endroit désert. J'ai peur.

Il ne savait que penser. Il n'avait jamais accepté de prendre à son bord un inconnu. Et puis, cette histoire de panne était suspecte, mais il ne pouvait laisser cette jeune femme seule, sans moyen de communication dans un lieu aussi désolé. Elle pouvait attendre longtemps avant qu'un autre voyageur s'arrête ou que les ouvriers de l'entreprise chargée de l'exécution des travaux de terrassement n'arrivent. Pendant qu'il réfléchissait à la décision à prendre, elle l'implora de ne pas l'abandonner. Il se laissa attendrir et, sans enthousiasme, lui dit simplement, après avoir déverrouillé les portières :

— Montez.

— Oh, merci, mille mercis.

Elle ouvrit la portière, prit la carte routière toujours posée en évidence pour la déposer sur le siège arrière, et se glissa en une fraction de seconde sur le siège passager pour s'y blottir en attrapant la ceinture de sécurité qu'elle boucla en un instant. On aurait dit qu'elle avait peur qu'il se ravise et lui dise de sortir.

— Vous n'avez pas de bagage, lui demanda-t-il, un peu surpris.

— Non, je me rendais à Reims pour faire une visite. Le lundi est mon jour de repos.

— Vous avez quelqu'un à prévenir qui pourrait s'inquiéter ? Voulez-vous mon téléphone ou utiliser celui de la voiture ?

— Je vous remercie, mais si j'appelle pour dire que je suis en panne, mon ami va s'inquiéter inutilement puisque vous me conduisez à Reims. C'est bien cela, vous me conduisez à Reims. Vous n'allez pas me déposer avant.

— Non, bien sûr.

— Alors, dit-elle toute souriante, je n'ai personne à prévenir.

Charles était désarçonné par cette désinvolture. Il l'observa sans qu'elle s'en offusque, sans doute flattée. Elle avait des petits yeux légèrement bridés couleur noisette surmontés d'une courte chevelure noire comme du jais. Les traits de son visage étaient fins tout en paraissant creusés. Elle n'était pas très grande et semblait sans âge. Un mélange assez séduisant, mais qui lui inspirait aussi de l'inquiétude, sans savoir pourquoi. Un mauvais pressentiment l'envahit.

N'ayant plus rien à faire dans cet endroit désolé, il démarra pour entamer une prudente marche arrière entre les ornières les plus profondes. Sa passagère, très à l'aise, se réjouissait. Elle devait avoir l'habitude de ce genre de situation.

— Vous savez, dit-elle après qu'ils eurent rejoint l'autoroute, ce n'est pas la première fois que je monte dans la voiture d'un inconnu. Lorsque j'étais étudiante, et même un peu plus tard, je pratiquais souvent l'auto-stop. Je me souviens même d'une fois où j'avais réussi à convaincre le chauffeur d'un mini bus qui conduisait un monsieur très important de me prendre alors que son client avait loué toutes les places pour être seul. Il n'était pas content, d'autant plus que son voyage avait été perturbé par de nombreux incidents qu'il avait fini par me raconter.

— Ah oui, et qu'aviez-vous promis au chauffeur pour qu'il accepte de vous prendre ?

— Mais la vie, bien sûr !

Il eut un mouvement de recul et se raidit sur son siège en s'exclamant :

— Pardon.

— Vous m'avez cru, n'est-ce pas. Je le vois à votre tête. Non, sérieusement, je lui ai proposé d'accepter son invitation à dîner lorsque nous arriverions. Il pourrait me faire passer pour sa petite amie et susciter des jalousies, car j'étais encore plus mignonne qu'aujourd'hui.

— Ce n'est pas très moral.

Elle s'offusqua :

— Il n'y a rien d'immoral à proposer sa compagnie. Je ne demandais pas d'argent et je n'offrais rien d'autre que ma conversation. Je ne suis pas une fille facile, si c'est ce que vous sous-entendez.

Il fit comme s'il n'avait pas entendu cette dernière remarque et demanda :

— Et cela ne vous gênait pas d'imposer votre présence à quelqu'un qui ne la désirait pas et qui avait même payé pour être seul ?

— C'est vrai que le voyageur était irrité et j'ai eu du mal à lui faire admettre que le désagrément ne serait pas bien grand, car il voulait absolument être seul, comme s'il craignait l'arrivée d'un malheur. J'ai eu beaucoup de mal à le calmer. Il voyait en moi quelqu'un d'autre qui l'effrayait.

— Mais qui êtes-vous ?

— Vous pouvez m'appeler Marie.

— Ce n'est pas exactement ce que je voulais savoir, mais c'est un joli prénom.

— N'est-ce pas, ajouta-t-elle avec un petit air espiègle. Elle savait qu'elle était sur le point de le séduire, mais il ne fallait pas précipiter les choses. Toutes les défenses n'étaient pas abaissées.

Il revint sur ce qui le tracassait :

— Cet homme à qui vous vous êtes imposée vous prenait pour qui ?

— Il voyait en moi le Malin qui s'était fait femme. Il avait visiblement un problème avec les femmes.

— Parce que vous n'êtes pas le diable ?

— Voyons, avec un prénom comme le mien !

— Mais, il est rusé le Malin et connaît certainement l'Odyssée d'Homère.

— Pas au point de se faire appeler Marie.

— Mais si vous n'êtes pas lui, qui êtes-vous Marie ?

— Vous posez toujours autant de questions ?

— Oui, lorsque je ne sais pas à qui j'ai à faire. Vous frappez à mon carreau en affirmant que vous êtes en panne, mais je ne vois pas votre voiture. Vous me racontez que vous pratiquez l'art de l'auto-stop…

— Pratiquiez, s'il vous plaît.

— Je vous l'accorde, mais vous ajoutez aussi sans complexe que vous usez de vos charmes pour parvenir à vos fins. Il y a de quoi se poser des questions.

— Je vous fais peur ?

— Je ne sais pas encore. Comment s'est terminé votre voyage en compagnie de cet homme qui se méfiait des femmes ?

— Ah ça, c'est mon secret.

— Votre aventure est bien curieuse. Elle me fait penser à une histoire sans fin que j'ai entendue tout à l'heure sur une station de radio qui n'existait pas. À l'époque des calèches à cheval, un voyageur solitaire à qui des aventures incroyables arrivaient l'empêchant d'atteindre sa destination s'était vu imposer dans un relais une passagère non désirée par le cocher. Ne serait-ce pas vous, Marie ?

— Qui sait ?

Elle n'en dit pas plus et un silence pesant s'installa. Il regardait Marie du coin de l'œil pour percer ce que devait cacher ce visage si mystérieux dont les traits changeaient sous les reflets de l'éclipse de Soleil qui s'était figée. Elle l'observait avec un sourire aguichant dans une attitude lascive, ce qui ajoutait à son trouble. Il restait seulement quelques kilomètres à parcourir et il voulut meubler le silence avec la radio, disant à Marie :

— Je suppose que la musique ne vous incommode pas.

Le poste était resté calé sur la dernière station qui diffusait toujours une musique contemporaine.

Marie se recroquevilla instantanément et les traits de son visage exprimèrent une vive douleur.

— Qu'avez-vous Marie ? demanda-t-il affolé.

— Je ne me sens pas bien du tout. Tout se brouille ; j'ai des vertiges. Il faut que je prenne mes pilules dans mon sac à main. Elle les chercha fébrilement tout en lui demandant d'éteindre la radio. Elle n'eut pas besoin d'insister.

— Bien sûr, répondit-il aussitôt, presque affolé par la tournure des événements, tout en pressant le bouton de commande pour arrêter la musique.

Marie attrapa dans une pochette sortie de son sac ce qui ressemblait à un tube qu'elle ouvrit pour le porter à sa bouche. Le médicament était efficace, car elle était aussitôt redevenue rayonnante.

— Qu'avez-vous eu ? demanda-t-il inquiet. Vous m'avez fait une de ces frayeurs. J'ai cru que vous alliez vous évanouir.

— Ce n'est rien, dit-elle. Cela m'arrive de temps à autre. La cause n'en est pas connue, mais les pilules que l'on m'a données me soulagent rapidement.

— C'est effectivement spectaculaire. Peut-on connaître le nom de ce médicament miracle ?

Et, il prit le tube vide qu'elle tenait mollement dans sa main gauche pour l'examiner.

— Mais il n'y a rien d'écrit s'exclama-t-il. Il n'y a pas d'étiquette. Qu'est-ce que cela signifie ?

— C'est une préparation spéciale du pharmacien, rien que pour moi.

Il ne fut pas convaincu, mais n'insista pas.

— Voulez-vous que je rallume la radio ?

— Non, dit-elle précipitamment, ajoutant avec calme qu'elle avait encore un peu mal à la tête.

— Nous allons bientôt arriver.

— Où allez-vous exactement, demanda-t-elle d'une voix suave.

— C'est vrai, je ne vous l'avais pas dit. Je me rends au 9 du boulevard de la Paix.

Elle paraissait déçue et contrariée.

— Ce n'est pas exactement là où je vais. Tant pis, je marcherai un peu.

Les faubourgs de Reims se devinaient. Il était dix-sept heures passées. Alice sortit de sa torpeur pour dire, enfin :

— La destination est proche.

La ville se dessinait telle une estampe japonaise et semblait vivre au ralenti. Les voitures avançaient à peine et les piétons, asexués, en uniformes sombres, marchaient d'un même pas cadencé dans une surprenante pénombre. Les voyageurs pénétraient dans une bande dessinée en noir et blanc. Il n'y avait rien de réel, mais il avançait toujours et Marie commençait à s'assombrir. Elle avait posé sur ses épaules une large étole sortie de nulle part qui masquait maintenant ses formes. Elle ne disait rien et son sourire s'était effacé. Alice prit la parole, avec une intonation particulière, comme celle résultant d'une bande magnétique qui pleurait :

— La destination est sur votre gauche.

Charles eût des frissons et transpira. Alice dit, toujours avec le même accent insolite dans la voix :

— Vous êtes arrivé.

Il ne le croyait pas, mais il se rangea le long du trottoir terne et coupa le contact. Marie restait étonnamment silencieuse, elle qui était si diserte il y avait à peine quelques instants. Il tourna la tête vers elle, mais ne la reconnut pas lorsqu'elle fit mine de sortir. Son visage était maintenant caché par son long foulard qu'elle avait remonté de ses épaules sur sa tête, sans doute pour se protéger du froid.

— Attendez, dit-il, je vais vous aider.

Immobile, elle ne répondit rien.

Pour la première fois depuis le début du voyage, il sortit de sa voiture, se dirigea vers la portière côté passager par l'avant et remarqua la calandre tachée de sang et défoncée par le rapace qui l'avait heurtée. Après un instant d'hésitation, il ouvrit à sa passagère. Un voile noir s'échappa de l'habitacle pour s'immobiliser devant son visage. Après l'avoir fixée intensément pendant plusieurs secondes, Charles s'effondra.

Le voile glissa découvrant le visage impassible de la Faucheuse. Elle se pencha lentement pour ramasser son outil de travail tombé à côté du corps sans vie, allongé par terre et, sans lui jeter un regard, s'en alla.

Deux jours plus tard

Mercredi matin, un peu après six heures.

Une lumière éclairait la salle à manger d'une coquette maison d'un village encore à taille humaine du Val-de-Marne et le sifflement de la bouilloire électrique posée sur le plan de travail de la cuisine s'était déjà fait entendre de façon stridente. Louis, tout juste habillé, finissait de faire passer le café, à l'ancienne, en laissant couler lentement un filet d'eau dans un porte-filtre en fer blanc. Il se brûla les doigts lorsqu'il retira de force du grille-pain les tranches trop épaisses qui y étaient restées bloquées. Enfin, le petit déjeuner était prêt.

Il plaça sur la table le journal local distribué à l'aube, ramassé sur le perron, et l'ouvrit en commençant par la dernière page, tout en tournant dans le sens inverse des aiguilles d'une montre une petite cuillère dans le café qu'il ne sucrait jamais, comme pour remonter le temps. Il écoutait en même temps d'une oreille distraite une chaîne d'information en continu diffusée sur l'écran du téléviseur posé à côté du bol brûlant.

Il s'arrêta sur la rubrique des faits-divers. L'un des titres en gros caractère annonçait : « Nouvel accident dramatique à hauteur de "l'échangeur aux morts" ». Louis s'attarda un instant, dubitatif, sur ce titre avant d'entreprendre la lecture de l'article. « Lundi, à une heure matinale, une puissante berline a heurté la glissière de sécurité centrale, rebondi sous le choc et s'est immobilisée sur le bas-côté après avoir effectué un tonneau. Prévenu de l'accident par un automobiliste, le service d'entretien de l'autoroute avertissait aussitôt les pompiers et la gendarmerie ».

Louis fut interrompu dans sa lecture par une information surprenante donnée par le présentateur du journal télévisé. Le bruit courait dans certains milieux bien informés que la direction de la très déficitaire société nationale des chemins de fer envisageait une opération de prestige consistant à remettre en service une fois par an le célèbre train de la Flèche d'Or entre Paris et Londres. Les syndicats s'y opposaient et la polémique enflait.

Sans transition, le journaliste évoquait les importantes perturbations météorologiques de l'avant-veille. Une tempête de neige comme on n'en avait pas connu depuis cinquante ans s'était abattue sur l'autoroute en direction de Reims et jusque loin en Allemagne, bloquant des heures durant la circulation. Il avait fallu faire appel à du matériel lourd pour dégager une voie.

Louis voulut reprendre la lecture de son journal, mais le chat, qui avait échoué dans sa tentative de vol du beurre étalé sur le pain grillé, s'y était assis, ronronnait, et le regardait de ses grands yeux bleus pour qu'il s'occupe de lui.

À cet instant, le chroniqueur commentait les images d'un terrible carambolage qui s'était produit lundi matin à proximité de Crécy-la-Chapelle, à cause de la bourrasque. Cent voitures au moins et des dizaines de camions avaient été impliqués. On dénombrait provisoirement une douzaine de morts, dont des jeunes mariés de la veille, et de nombreux blessés, certains grièvement. Il avait fallu réquisitionner des autocars pour organiser leur évacuation vers les hôpitaux en leur réservant une voie de circulation.

Quittant l'écran de télévision des yeux, Louis poursuivit sa lecture : « Lorsque les pompiers arrivèrent sur le lieu du drame, ils découvrirent le conducteur inconscient, prisonnier de l'habitacle déformé par les chocs. Un phénomène étrange se produisit. Des corbeaux se rassemblèrent au-dessus du lieu de l'accident et s'en prirent sans raison apparente au pare-brise d'une camionnette de pompier ».

Louis fut à nouveau distrait par le chat qui revenait à l'assaut, cette fois du pot de confiture, et par un bruyant encart publicitaire pour une série fantastique à succès au nom facile de La Porte de l'Enfer racontant les aventures d'un être doté du pouvoir de provoquer dans des endroits aussi insolites qu'une autoroute une ouverture vers le royaume des morts. Le reportage qui suivait était consacré à la multiplication des boutiques d'objets anciens et insolites, souvent hors d'usage, mais de plus en plus recherchés des consommateurs blasés par l'incessante accumulation de produits de haute technologie dont ils ne comprenaient pas l'utilité. Une chaîne de magasins s'était installée à l'enseigne Le Bazar des Souvenirs. On y trouvait de tout, des vieux trains jouets mécaniques et électriques, des phonographes, parfois quelques mange-disques en plastique, des postes de TSF à lampes, des rasoirs mécaniques avec leurs blaireaux, des plumes sergent major à tremper dans des encriers en porcelaine, du papier à grain, des ampoules à filament, pas toujours en état de fonctionnement, des plaques photographiques en verre, des cartes routières des années 40, des phares de motocyclette, des tables de billard aux tapis mités, des poupées en tissus et des boîtes vides ou pleines de n'importe quoi.

Louis se replongea dans sa lecture : « Le blessé reprit connaissance quelques instants au moment où la pluie, qui s'était mise à tomber, gêna considérablement les opérations de secours ». Le bruit de fond émis par le téléviseur le perturba dans sa lecture qui le captivait. Il l'éteignit et brancha une radio qui diffusait des extraits d'œuvres classiques qu'il appréciait particulièrement, telles La Jeune fille et la Mort, de Schubert et la Danse macabre, de Saint-Saëns. Il allait reprendre le fil du récit lorsque la programmation changea pour faire place à un concert de sonorités bizarres qu'un dialoguiste de renom aurait certainement qualifié ironiquement "d'anti-accord absolu". Décidément, la musique contemporaine échapperait toujours à sa compréhension. Il pensa que pour vaincre la mort, il suffirait de lui faire écouter l'une de ces œuvres. Elles étaient composées pour la faire fuir; l'arme absolue en quelque sorte. À la première occasion, il achèterait le Concerto pour deux poêlons fendus et un piano désaccordé sur fond de gouttière en demi-dièse, et le garderait toujours à portée de main pour effrayer la Faucheuse dès qu'il sentirait sa présence.

Le chat – encore lui – était revenu furtivement à côté du journal et cherchait avec sa patte à attraper la main de son maître pour lui faire comprendre qu'il aimerait connaître la suite du fait-divers. Celui-ci ne se fit pas prier davantage et, tout en grattant la tête du félin ravi, lut à voix haute la fin de l'article : « En dépit de leurs efforts, les pompiers ne parvinrent pas à libérer le conducteur qui agonisait. Il n'y avait plus rien à tenter pour le sauver. Il mourut à dix-sept heures trente, sans avoir pu être désincarcéré. L'identité de la victime n'a pas encore été communiquée ».

Ce que ce compte rendu, pourtant détaillé, ne mentionnait pas c'est que, lorsqu'elle avait repris connaissance, la victime avait réclamé avec insistance une certaine Alice. Les pompiers mirent cette demande sur le compte des effets de la commotion, car le conducteur était seul à bord. Le médecin, qui avait assisté Charles dans ses derniers instants en lui administrant de la morphine pour le soulager, avait cru entendre le deuxième mouvement de la symphonie pastorale de Beethoven. Lorsque les pompiers réussirent enfin à extraire le corps désormais sans vie pour le porter dans l'ambulance, le dernier d'entre eux, à peine âgé d'une vingtaine d'années, avait remarqué sur le plancher en face du siège passager une vieille carte dépliée de la Champagne, cornée et rapiécée avec des morceaux jaunis de papier collant. Il s'était demandé pourquoi le conducteur en avait eu besoin, car l'ordinateur de bord dernier modèle, qui n'avait pas été abîmé dans l'accident, rendait inutile cette documentation. Il avait aussi découvert, juste à côté, une pochette cartonnée, aux coins usés, contenant un disque d'environ trente centimètres de diamètre. Il se souvenait en avoir vu de semblables dans une caisse poussiéreuse rangée dans le grenier de la maison de campagne de ses grands-parents. On les appelait des vinyles, croyait-il. La pochette identifiait l'œuvre gravée comme étant La sixième symphonie dite "pastorale" de Ludwig van Beethoven.

Le rapport de police, qui ne devait pas être communiqué à la presse, mentionnait que l'accident était inexplicable. Aucune défaillance mécanique n'avait été découverte. La voiture était presque neuve et d'une marque réputée pour sa fiabilité. Nul objet n'avait été retrouvé sur la chaussée sèche ou alentour. Au moment de l'accident, les conditions météorologiques étaient bonnes. La victime n'avait pas d'antécédent médical et n'avait succombé ni à un malaise ni à une crise cardiaque. Elle était dans la force de l'âge et n'était sous l'emprise d'aucune drogue. L'autopsie n'avait pas permis de découvrir avec certitude la cause de la mort. Pourtant, ce n'était pas le premier accident de ce genre à cet endroit, exactement dans les mêmes circonstances. Il y en avait déjà eu trois, tous mortels et inexpliqués depuis le début du mois de novembre. Des témoins avaient mentionné avoir aperçu une silhouette voilée à hauteur de l'échangeur juste avant les accidents, mais les enquêtes n'avaient pas permis d'identifier cette présence insolite qui aurait pu faire penser à des actes criminels.

D'autres témoins avaient aussi vu sur les lieux des accidents une étrange Mercedes noire d'un ancien modèle. L'officier de gendarmerie qui avait procédé lundi aux dernières constatations d'usage, collectionneur à ses heures perdues, avait aussi remarqué qu'une voiture ancienne – qu'il savait être une "Mercedes 190", année 1959 – était passée un bref instant à hauteur de l'automobile accidentée au moment du décès. Il avait cru voir à l'intérieur une petite ampoule briller une ou deux secondes, tel un feu follet, mais ce détail était sans importance pour l'enquête. Vite oublié, il ne figura pas dans son rapport.

Le quart de sept heures était passé. Louis replia son journal, éteignit la radio, se leva, rangea son bol sur l'évier de la cuisine et sa serviette dans un tiroir du bahut. Il enfila rapidement son manteau et se dirigea vers le garage où l'attendait la puissante voiture qu'il venait d'acheter équipée d'un ordinateur vocal dernier cri qu'il avait baptisé Lucie. Il devait se rendre à Reims. Après avoir dit au revoir au chat qui le regardait les yeux pleins de tristesse comme s'il ne devait jamais le revoir, Louis s'installa derrière le volant, se demandant s'il fallait conserver la carte papier de la région négligemment posée sur le siège arrière lorsqu'il avait vidé sa précédente voiture. Il boucla sa ceinture de sécurité, démarra, manœuvra la commande électrique de la porte basculante du garage qui se referma automatiquement après son passage et rejoignit l'autoroute.

Arrivée à hauteur de "l'échangeur aux morts", il crut apercevoir une drôle de silhouette. Sa curiosité fut aiguisée et il s'efforça de la distinguer mieux, mais ses contours se confondaient avec le paysage rendu mystérieux sous l'effet de la brume réfléchissant les premières lueurs de l'aurore.

*

Table des matières

Achevé d'imprimer
par Lightning Source France à Maurepas (78)

Imprimé en France
FROC031112120821
28036FR00004B/19

9 782379 797057